往復書簡　老親友のナイショ文

瀬戸内寂聴
横尾忠則

はじめに

横尾忠則

瀬戸内さんから往復書簡の提案があったことを知った時、理由もなく、いっぺんに引き受けた。高校の頃、将来は郵便局員になるのが夢だったので、今回の企画は僕にとっては夢の実現だった。とにかく郵便が好きで、内外にペンパルを持って、ほとんど毎日のように誰かに手紙を書いていた。最近こそメールでのやり取りが習慣になってしまったが、つい1、2年前まではいつもカバンの中にポストカードを入れて、どこからでも郵便が出せる状態、そんな日常生活を送っていた。

だから往復書簡の話は嬉(うれ)しかった。その相手が瀬戸内さんなら、何(な)んでも話せる。とはいうものの公開書簡だから、瀬戸内さん以外の人も読む。その両方に向けて書くことになる。普通の書簡は第三者に盗み読みされたら困る。だけど公開往復書簡は、どうぞ盗み読みしていただいて結構ですよ、を前提にしながら、相手のご本人宛てに書く。考えてみれば、やりにくい話だ。時には手紙と称して社会批評的な発言も営業上必要だ。とはいうものの、こんなことをいちいち考えていると一字も書けないから、時には誰に向って語るのか、なんて目的意識も放棄して、書きたいことを書くエッセイでもある。

瀬戸内さんとのおつき合いは50年以上になるのではないだろうか。その間、内外に旅したり、寂庵に遊びに行ったり、本の装幀や、新聞小説の連載の挿絵などの仕事もしている。仕事と遊びの区別さえあるようでない、そんなダラダラした50年のおつき合いは、他の誰とも違った交流である。会うと、ぜんざいやステーキのご馳走にあずかるが、会話の内容はとり立てて話すようなことではない。カタイ話など一度もしたことがない。この書簡では時々カタイ話をすることがあるが、こういう話は面と向ってはテレ臭くて話さない。

瀬戸内さんは僕より老齢のはず？　なのに記憶力が物凄くいい。電話などで、こんなことがあった、あんなことがあったと人のエピソードが次々出てくる。小説家はそーいう他人のエピソードが小説のネタになるのか、とにかく目に見えるように話される。絵描きの僕なんかは、ある場面がパッと出るだけで次の瞬間忘れてしまうので、瀬戸内さんのように物語にならない。そんな2人のクセはこの書簡集の中にもよく表われていると思う。それにしても、まさか、こんなに早く単行本になるとはねえ。また第二巻のためにも、まだまだ語り合う必要がありますよ。この書簡が2人を益々元気にしてくれますように。

初出・週刊朝日２０１９年８月
16・23日号～20年12月11日号

表紙画　横尾忠則
装幀　相島大地（YOKOO'S CIRCUS）
本文デザイン　大石一雄
ＤＴＰ　ヴァーミリオン

目次

往信
返信

II
返信
往信

III

I

二人とも本質的にいいかげんなところあり

横尾忠則

瀬戸内様

難聴が日々悪い方に進化しています。耳は瀬戸内さんより老齢です。すでに百歳に達しています。補聴器の限界を超えて、70万円もする高価な補聴器も引き出しの中で埃をかぶっています。2年ほど前は瀬戸内さんと同程度の症状だったので、電話でもまだトンチンカンなりにも通じ合っていました。とはいうものの音声は機械化されて聴こえるものの話の内容はねじれ現象を起こしていてサイボーグです。あの頃は瀬戸内さんの耳の方が僕より悪かった。

僕が草津温泉に行ってきたと言ったら、「よく拉致されなかったわね」と言う。なんで草津温泉で拉致されなきゃいけないんですか。「怖くなかった?」。洞窟風呂はちょっと怖かったけど。「あら洞窟があるの？」。それが熱くってね。「冬なのに暑いの？」。どこへ行ったと思ってらっしゃるんですか？　「北朝鮮でしょ？」

もう、怒りますよ、北朝鮮違います！　草津温泉。ク・サ・ツ・オ・ン・セ・ン！　です。「あら、北朝鮮とばかり思っていたわ、アッハッハッハッ」。アーアー、歳は取りたくないと思ったけれど、今では僕の耳は瀬戸内さんの97歳を追い越しています。

以前、僕が難聴になった時、瀬戸内さんは絵が変るわよ、とおっしゃいましたよね。音楽家じゃないから、視覚には影響ないですよ、と言いましたが、最近、難聴が絵を変えてくれるような気になっています。難聴のために音が朦朧（もうろう）としていることに気づき、そうだ朦朧体のような絵を描こうと思ったのです。横山大観のような古くさい朦朧派の絵ではなく、物の存在が曖昧な具象画と抽象画の中間のような、どちらにも属しないそんな未完的な絵を。中庸という概念があるじゃないですか。そんな両方の「間」を取ったような絵です。

絵のスタイルを意図的に変えようとしなくても、身体の都合によって自然に変ります。頭で考えるのではなく、身体に従えることで変る。これが自然体じゃないでしょうかね。

中庸というのはどちらにも片寄らない中正な様子で生き方としては、最も生きやすい状態でしょう？　そう考えると難聴も悪いことではなく、聴こえているような聴こえてないような状態で、いいかげんに生きることでもあるんじゃないでしょうかね。このいいかげんに生きるということは、もしかしたら長寿のコツのような気がしています。

するとと97歳のご高齢の瀬戸内さんの長寿の秘訣は、実はいいかげんさにあるんじゃないでしょうか。ということになりませんかね。いいかげんとは、いい湯かげんのことです。ほどほどということですよね。絵もがんばった絵は見ていてシンドイです。肩の力が抜けた、何かのためという大義名分ではない、目的のないための絵です。努力の跡が見えない作品、そんな作品を難聴が描かせてくれそうな気がしています。

と、考えると、この往復書簡もいいかげんがいいのかもしれませんね。二人とも本質的にいいかげんなところがある（私は違います、と言われそうですが）ので、その辺でおつきあいをさせていただきたいと思います。ではお返事をお待ちしています。

忠則

天才は三島さんくらいあ？　横尾さんもよ

瀬戸内寂聴

横尾さあん

とうとう往復書簡の実現を見ました。二人とも生きているうちに。私が九七歳、横尾さんが八三歳になって、漸く実現しました。たぶん、この連載がつづく間に、私は必ず死ぬでしょう。もちろん、老衰が原因です。出版社はシメタ！とすぐ本にしてくれ、ベストセラー間違いなし！　うまく百歳と重なれば、宣伝しなくても、百歳になる秘密が書かれているにちがいないと、売れに売れることでしょう。想像しただけで景気がよくてワクワクする。

七十年もペン一本で食べてきた歳月に、一度だってベストセラーなんて景気のいい目にあったことのない私は（そんなことない、と秘書のまなほが横から言う）、死んでからで

Setouchi

もいいから、そんな目にあってみたいものですよ。

百歳にあと三年という歳になって、文芸雑誌二冊に、連載をつづけている私が、作家仲間から笑い者にされているくらいは知ってますよ！　そんな私を余程律義な人間だと思いこんでいる人もいるようだけれど、トンデモナイ！　根がイイカゲンな人間だからですよ。今更他の仕事にきり変るなどメンドクサイだけじゃない？　五一歳で出家したりして余程真面目な人間かと思われてるかもしれないけど（そんなモン一人もいないよ!!）要するに、芯が、いいかげんな人間だからに過ぎないだけ。ほんとに真面目で、人生を真剣に考えつめる人間だったら、五一歳でいきなり坊主になったりするものですか！

私はホントにいいかげんな人間で、いいかげんに九十七年も生きてきたと思います。それで何が残った？　心を許せる友だちだけですよ。命をかけた作品？　とんでもない、そんなもの三年も読者なんて読んでくれるものですか。では、なぜ月に三日くらいまだ徹夜して書きつづけているの？　横尾さんならわかってくれるでしょう。ペンを握れば手が勝手に動くのよ。これはもう腕の習慣。理由なんかない。後世に残るケッ作を書こうなんていじらしい夢は、とうの昔にどこかに飛んでしまった。癖で、「イイカゲン」に書いている。ああここでも「イイカゲン！」。だって読者なんて気まぐれで移り気で、浮気でしょ。一人の作家を、生涯気も変らず愛読しつづける人なんている筈ない。芸術家は、天才だけが残るのよ。横尾さんは天才ですよ！　ホント!!　私はあなたとA新聞社ではじめて逢ったあの瞬間から、そう感得した。あなたは三十歳なかばで少年のようにすがすがしく、初々しかったけれど、もう二人のお子さんの親だと聞いて、私は椅子から落ちかけたものでした。その帰りの十五分くらいの車中の話に、私はあなたと生涯の友人になる予感が得られたのです。

その理由は、この往復書簡の中に徐々に書いてゆきましょう。今、わかっていることは、私たちの友情も「イイカゲン」だからかくも長くつづいている。

わたしは自分が凡才だから、子供の時から天才に憧れています。この世で私の逢った天才は、三島由紀夫さんくらいかな。その三島さんに可愛がられてたから、横尾さんも天才なんでしょ。天才だあい好き！　天才と何とかは紙一重ですってね。

ま、あんまり肩肘はらずに、イイカゲンに、愉しく、この手紙つづけましょう。どうぞよろしく。

寂聴

90年、80年生きた物語にこそ価値

横尾忠則

セトウチさん

二人の長い交友関係なので、色んな話をと思うのですが、何から話していいのやら、ゴルフに行った話も屋島に行った時のことや、インド旅行のこと、後楽園のロックコンサートを観に行った日のこと、天台寺のことなど、まあ徐々に思い出す話をしたいと思いますが、編集部からは時事的な話も、という注文もありますが、いかにも週刊誌的な発想ですね。時事的な話は花火みたいなもので、パッと、ひと時は関心を持たれるが、われわれの往復書簡でのテーマではなさそーな気がしませんか。新聞やテレビは毎日のように時事問題を取り上げていて、普遍的なものは何もないように思います。

ここでは、むしろ90年、80年生きた人間の物語の時間、そして空間こそ価値あるもののように思います。この企画の発注者はジャーナリズムですから、日々移りゆく時勢への関心は当然だと思います。われわれ老境にある人間は、生とか死についてが現実で、二人がどう思っているか、それは何なのか、われわれはどこから来て、どこへ行こうとしているのか、というような、過去、現在、未来へと続く、この中での今という一瞬の生き方こそが重要ではないかと思うのですが、セトウチさんはどう思われますか。

「時事的な話を織り込む」ことは、得意ではないですが、しようと思えばできなくはないですが、話の賞味期限は非常に短いと思います。それよりも文学や芸術を二人の体験を通して語ることの方が、「生きてきた」または、あと残されたそう長くない時間をどう「生きるか」または、どう「死と向き合うか」というような話の方が、世の中のことを考える以前に考えなきゃいけないテーマではないでしょうか。

われわれは世の中のために生きる以前に、自分のために如何に生きるかをもっと腰を据えて考える必要があります。どうもわれわれは世間の風潮に振り回されて、自分を見失っているところがあると思います。こんなことを書いている僕自身がすでに時事的なことを語っているような気がしないでもないです。現代社会を語ろうとする時、不思議と気分が滅入ってしまいます。人間として生まれてきた以上、楽しく生きたいと思うじゃないですか。その楽しみを奪おうとするのはいつも不穏な社会的情況です。

セトウチさん、このへんでパッと明るく、暗い世間から離れて、面白い話をして下さい。文学も芸術も、ある意味で現実からの逃避のために存在しているものだと思います。またいつか、セトウチさんも、しましょうよ、とおっしゃっていた死後の話などもうんと楽しくできるはずです。死は生き物全てが避けられない事実です。この事実を語り合うということは、われわれのテーマかも知れませんよ。

さて、そちら京都は暑いんじゃないでしょうか。祇園祭の見物にいった時は、熱中症寸前でした。僕は熱中症に三度ばかりなって病院で点滴を受けました。２０１９年はまだなっていません。同じ暑いなら、もっと熱い温泉に行くつもりです。北朝鮮ではないですよ。そーいえばセトウチさんと城崎温泉へ行きましたね。そんな話でも如何ですか。

このまま百まで生きたらどうしよう

瀬戸内寂聴

ヨコオさん

おっしゃる通り、時事的な出来事は、たちまち、時の流れに巻きこまれ、時勢から、また、吾々の記憶から去ってしまいます。どんな記憶も、体験した当人が死んでしまえば残りません。

戦争も天災も、過ぎてしまえば、時事的な出来事となります。ただ、それを味（あじわ）った人々が生き残れば、その人たちの記憶が語りつぐため、歴史となって残るようです。

あの長い戦争の生き残りが、私であり、ヨコオさん、あなたです。戦場に早く征かせる目的で、当時学生たちは卒業を半年早め、九月に卒業させられ、男の大学生たちは、戦場につれて行かれました。女の学生だった私は半年早く婚約者との結婚をして、男の仕事場の北京へ行きました。女子大の卒業式にも出なかったのを悔いもしていませんでした。
北京で女の子を産んだことも、夫に出征されたことも、最終の日本人の引きあげの、またとない経験の記憶も、今からふりかえれば、すべて時事的な出来事といえます。

いつの間にか、満九十七歳にもなってしまい、一向に死にそうにない毎日を送り、このまま百まで生きたらどうしようと、いささかあわてている毎日です。

小学生に上る直前、わが家は引越をして、眉山のすぐ下の町へ棲みました。その町内に大きな風呂屋があり、うちの棺桶のような風呂より、ずっと気持がいいので、私は毎日その風呂屋へひとりで通っていました。壁には富士山のタイル絵があり、湯舟は、子供の私が泳げるほど広いのです。あんまり人の入らない明るい午后に行くと、ほとんど客はなくて、広い風呂場を独占しているような壮快な気分になりました。ところが時々、その時間に、ひとりで入りにくるお婆さんに逢います。わが家に年寄はいなかったので、おばあさんの裸など、私には間近に見るのは、はじめてでした。私の入っている目の前の湯舟のタイルのふちをまたいで入ってくるおばあさんの裸は、信じられないほど皺だらけです。落ちないように湯舟のふちにしがみついて、短い脚を、私の顔のまん前で思いきり上げて湯に入るので、汚い股のしょぼしょぼの毛までまる見えです。「よっこらしょ」と、口にだすので、その人物が生きている人間だとは思いますが、いつか、私や、姉や、母がそうなることは、どうしても思えませんでした。

宇野千代さんは、八十過ぎでも、裸の躰で風呂場の鏡の中に、ヴィーナスの生れた時の姿を映して、その美しさにうっとりされたと書いていらっしゃいました。私も一、二度、ひそかにその真似をしてみたことがありますが、こっけいなだけで、独りふきだしたものでした。

ヨコオさん！　いつかいっしょにインドに行った時、どこかの海岸で、黒い木綿の学生用の海水着を着た私が、坊主頭に日本手拭いをまいて、海へ走りだしたら、背後の砂場で、Iちゃんと二人で、ころげまわって笑っていましたね、たしか私はまだ五十代で、ピチピチしていた筈なんだけど。イギリス人の別荘のたくさんあるすてきな海岸でしたね。落ちていた椰子の実の美味しかったこと！　ああ、もう二度と行かれないインドの旅、なつかしいなあ！　では、またね、ごきげんよう!!

寂聴

Setouchi

北斎とセトウチさんにとって百歳って

横尾忠則

セトウチさん

北斎が90歳の時、「あと10年生かしてくれたら宇宙の真理が描ける。もしダメだったら5年でもいい」と神仏に願ったらしい。あと10年といえば百歳です。当時の百歳なんて人類の頂点であり、自己の頂点の完成形でもあったのです。セトウチさんは北斎を遥かに越えました。

ところが最近の北斎の伝記や年譜では北斎の死亡年齢が数えの90歳から88歳に修正されています。われわれ戦前生まれの者は数えが常識で、国民学校に8歳で入ったのに、終戦と同時に数え呼びが中止されたようです。理由は知りません。きっと西洋近代主義の導入で、戦前の日本の人の「無駄」な風習や概念が一掃されたからでしょうか。同時に日本人の古来の風習や行事など、四季のいとなみや、昔の宇宙観なども生活レベルから変えられてしまったような気がします。西洋人から見れば「無駄」だと思えることも日本人にとっては「生きる知恵」だったはずです。

無駄は経済至上主義の社会にとっては天敵だったんでしょうね。僕は近代人というより半分は昔の人間です。今の世の中を見ていると、寸善尺魔の生きにくい社会に出てきたなあと思います。でもこれも過去世から連綿とつながる時間の中では自分の魂のために必要不可欠な「時」なのかも知れません。

北斎が吐いた名セリフは彼が90歳だから出た言葉です。あと10年で百歳、北斎の言葉には言霊が宿っています。現代呼びの88歳ではこのセリフは出なかったはずです。90歳になって初めて出た言葉です。大正生まれ、激動の昭和を生きて、平成から令和四つの年号をまたいでこられたセトウチさんは、今では数少ない時代の証言者です。セトウチさんにとっては百歳は「へ」でもないです。セトウチさんはもうすぐ数えで百歳です。２０１９年は数えで99歳のはずです。これからは、数えで99歳と言ってもいいんじゃないでしょうか。近代に対する抵抗です。

話を変えましょう。夏風邪がとうとう本格化して、入院？　通院？　と迫られているそんな状況で、神戸の僕の美術館のオープニングもドクターストップがかかりました。夏休み返上だったので丁度いいか、と身体の状態に従います。頭に従うとロクなことないです。脳を肉体に従わせるために「肉体の脳化」と呼ぶことにしました。世間に合わせるのはほどほどに、お遊び程度にして、自分の肉体を自分の主治医に迎えようと思います。でもこの主治医が頼りないので、本物の主治医が必要です。肉体のパートによってそれぞれの複数の主治医にお世話になっています。

でも一番確かな主治医はぼくの場合、絵を描くことで、身体状況がわかります。絵を描いて病気になり、絵を描いて病気を治すそんな治療法というか養生法です。このところ入院をしていないので、病院内で描く絵がしばらくとだえています。今回も入院して絵を描こうかなとも考えたのですが、無理をしないよう、中止したので病院画はなしです。

セトウチさんの絵が描けたらメールして下さい。素人は何をしでかすかわからないので、怖いんです。驚くよーな絵を描かれたらその時はくさします。今から、体温を計って、この辺で一服します。では、さいなら。

大丈夫！讃辞いただいても絵描には

瀬戸内寂聴

ヨコオさんへ寂聴より

いただいたこのお手紙を書いてくれた直後に、やっぱり入院してしまったのね。ホッと安心しました。ヨコオさんにあまり健康がつづくと、かえって私は心配になります。大方半世紀もつづいている二人の友だちつきあいの中で、ヨコオさんは数えきれないほど入院していました。若い頃のヨコオさんは、見るからに繊細で硝子細工の人形みたいな感じだったので、私は内心、ひそかに、この人は短命だろうと決めていました。その頃、私の天才の定義の第一条件は短命であることだったのです。なぜだか、最初逢った時から、私はあなたの細い躰に満ち満ちている天才の匂いをかぎ取ってしまったのです。その頃はイラストレーターとしてすでに有名だったあなたの仕事の力量も、人柄の奇抜さも、全く知らなかった私が、なぜあなたの天才を一目で頭から信じてしまったのか不思議と言えば不思議なことです。

すでに手紙のやりとりが続いていた三島さんは、その頃益々健康で、仕事も旺盛で、一向に死にそうにありませんでした。「それでがっかりした」と、手紙を出したら、御当人から、

「自分もそう思っている。まわりの老人の作家のようにはなりたくない」

と言ってきましたよ。

その頃、まさかヨコオさんと私がこんな仲好しになるなんて、夢にも思わなかった。三島さんがボディビルをして、もりもりした軀つきになる前は、ほっそりして、感じ易そうな顔付で、私がはじめて逢った若い頃のヨコオさんによく似ていましたよ。

平野啓一郎さんが、いつも私のことを羨ましがるのは、私が、日本の作家の大御所たちのほとんどと逢って、口を利いたことさえあるということです。

私の書いたものの中で一番上等なのは、この世で私が逢った作家たちのことを書いた『奇縁まんだら』だと、丸谷才一さんがほめてくれた連載の挿絵を、ヨコオさんが描いて下さって、その絵がすばらしく、私の文を読まない人まで、ヨコオさんの描いた作家たちの挿絵を見たがるという現象が生れましたね。神戸のあなたの美術館で展覧会もしてもらい、

Setouchi

ずらあっと、並んだその肖像画の迫力は、想いだしただけでも身震いがでます。

でも、あの中に私はまだ入っていないので、今のうちに、私の絵も描いておいて下さい。

先日、うちの秘書の「まなほ」あてに、ヨコオさんが私の絵を送れと云ってくれたので、まなほがすぐ私の水彩画を送ったらしいですね。

まなほがニヤニヤして、ヨコオさんがすぐ送って下さった感想文のファックスを今、見せてくれました。

「瀬戸内さんの絵びっくり仰天です。絵の繊細さに対してシッカリした力強い書、この書には生命力が宿っています」

という最高の讃辞ではありませんか!!

「ホラ、見ろ! もっと私を尊敬しろ!!」と、まなほの頭を叩いてやりました。書とは、ペンペン草の絵が左に片よりすぎたので右の余白に「切に生きる」と書いたものです。大丈夫! 作家をやめて絵描になろうなど、誰かさんの真似はしませんから。

ご病気が一日も早く全快なさいますように!!

Setouchi

普通こそ人間の到達する悟性

横尾忠則

セトウチさん

快調に連載が始まったかと思った矢先の体調不良、持病の喘息で即入院の指示を受けて目下入院中です。5人の医師チームによって監視されながら治療を受けています。まだ退院予定日は決まっていませんが、この書簡が掲載されるころにはアトリエに入りたいと思っています。僕は子供の頃から虚弱体質で、育たないんじゃないかと医者から言われていたそうです。母親も病気がちだったために、横尾家で育てられることになって、養父母が子供に情が移ったために、両親も泣き泣き、横尾家の養子に出したと聞いています。

その後成人した頃、京都、奈良、東京に住む別々の三人の占い師から口を揃えて、「この人の寿命は50歳です」と宣告された。僕もその短い生涯を念頭に、50歳が近づくにつれて死を考えない日がないくらいでした。そのせいか全ての作品に死のイメージを導入していています。が、45歳で画家に転向した途端、死の意識が僕の中からすっかり消滅してしまい、ハタッと気がついた時には、50歳のデッドラインをいつの間にか越えてしまって、寿命のことなど意識の底にも存在していませんでした。そして今に至っていますが画家になったことで延命させられたように思いました。あのままデザイナーを続けていればきっと命を落としたと思います。でも虚弱体質もそのまま延命しています（笑）。人間の運命は不思議ですね。いくらあくせくしても、ほっといても成るようになるのですね。だったら、運にまかせようという考えをいつの間にか身体を通して教えられてきました。その方が無頓着になって生きやすいと思いました。そんな達観するような年齢になってしまったんですね。

ところで、まなほ君からセトウチさんの書画を送ってもらいました。おせじ抜きでやっぱり上手いですよ。百花繚乱の下手なイラストレーターがあふれている中では、セトウチさんはプロの親玉級です。繊細な草花の描写に対して、びっくりするほどの力強い力士の書いたような書との対比、ここには技術を越えた99歳（数え）の大器がドカンと存在していいます。あんまり誉めるとウソっぽいと言われそーなので、この辺で礼讃は終ります。最近は手がぶるぶる震えて線がまっすぐに引けません。これからの作品はぶるぶる派と新朦朧派の合体作になりそーです。横山大観の朦朧派に対する新朦朧派です。これは難聴で音が朦朧と聴こえるので、その音を視覚化した作品のことです。しかも、描くのに飽きていますから、ますます無頓着アートになるでしょう。83歳で新境地！なんていってみたいけれど、「やっぱり年寄りはアカンなあ」と言われそーですが、若い人には描けないボケ画が描けそーです。妙な意欲に振りまわされずに、好きな「趣味の日曜画家」で生涯を終るというのもいいんじゃないかな？　マグリットという画家も死ぬ前にあんなコンセプチュアルな絵ではなく、普通の絵を描きたかったそうです。普通がいいんです。また普通こそ人間の到達する悟性ではないでしょうか。

年を取ると今まで見えなかったこと、感じなかったこと、思わなかったことが次々目の前に現われます。字数がなくなりました。病室から。

私たち、死ねばもう逢えないかもね

瀬戸内寂聴

往復書簡が始まったとたん、ヨコオさんが病気になり入院してしまい、この企画が頓挫してしまいました。熱が40度も出て入院したとのこと。ヨコオさんは病院と仲がよく、しょっちゅう入院するので、余りドッキリはしません。奥さまにTELして伺ったら、オシッコに、何やら菌が入って熱が出たとのこと！

ヨコオさんの小さい時から、おかあさまが、外でオシッコする時は、そこの土地に、「ごめんやす」と挨拶するように教えられていたと、読んだ覚えがあります。根が素直な性分のヨコオさんは、それを守ってきた筈だし、そんないい子のオシッコに、病菌が着くなど、何かの間違いだと思いこみ、すぐ治ると感じていたのに、思いの他、しつこい菌のやつ、居直っている様子で、退院はしたけれど、まだ、病床の人らしいので、とても心配しています。

ヨコオさんの見かけは、歳と共に若返り、まさか八十三歳にもなるオジイさんとは誰も信じてくれないでしょう。最近、手が震えて絵の線がブルブルになるなど聞かされても、私だって「へへっ」と笑ってしまいます。

絵の線が震えてもおどってもいいから、早く元気になって、絵を描いて下さい。易者が三人も揃って、五十歳で死ぬと言ったのに、それから三十年以上も生き長らえているのだから、もしかしたらヨコオさんは、死ねないのではないかしら?

あなたの書くあの世の話をいくつか読みましたが、そこではみんな好きなことだけして、のんびりしてますよね。

ヨコオさんの説によれば、あの世に往くと、あの世の秤で、この世での行いを計られて、それにふさわしい段の世界に追いやられて、上下の段とのつきあいは出来ないのだということでした。それと全く同じことを、私は谷崎潤一郎氏の小説『痴人の愛』のナオミのモデルだといわれる小林せい子さんから聞きました。

私がせい子さんに逢った時は、彼女は百近い九十いくつでしたが、ほっそりした躰つきは、若いモデルのように美しく、何より、わざと短いスカートから出している脚の美しさにびっくりしました。靴も、どきっとするしゃれたデザインを穿き、人の目が自然にそこに行くような姿勢の、坐り方をしていました。はじめて逢ったのに、あけすけに何でも話してくれました。

「死ねばね、その人の生前の行為によって、あちらの階段のようになっている段階のひとつにつれてゆかれるのよ。あの世では、谷崎は下の方の段で、佐藤がずっと上の段階なの」と言い、ケロっとしていました。せい子さんは、歳と共に、霊の声が聞えるようになったといい、占いもしていました。私は百近くまで生きると言われたのを思いだします。

十六とかで処女を奪われた谷崎から、死ぬまで月々莫大な現金をまきあげていました。話すとさっぱりしたいい人でしたよ。

私たち、死ねば行く段階が違って、もう逢えないかもね。

ヨコオさん、速く病気を治して、またゲラゲラ笑いましょう。うちの観音さまにもお祈りしてますよ。

奥さまに看病つかれが出ませんように！

寂聴

「なんで、こんな…」と思える絵がいい

横尾忠則

セトウチさん

いつか電話で「最近は週刊誌ばかり読んでいるんですよ」と言ったらセトウチさんも、「私も週刊誌ばっかり！」と2人で意見が一致して大喜びしたことがありましたね。ゴシップやスキャンダル記事満載の週刊誌は僕にとっては仏教書なんです。「どこが仏教？」と言われそーですが、ここには人間の煩悩と欲望が渦巻いているじゃないですか。仏教用語で言えば「因果応報」「自業自得」が原因で社会的な事件として発覚し、それがスキャンダルになってワーッと人の噂になって、社会的に失脚する、それを大衆は大喜びするんです。

社会的に地位のある人が主役になるから面白いわけですよね。まあ、そのターゲットになる一番が先ず政治家ですかね。その次に企業家、最近はスポーツ界もヤバイですね。そ

う考えると芸能界のスキャンダルはくっついた、離れた程度で可愛い方ですね。

そんな風に週刊誌をマジメに読むと、結構、人間学や仏教の教本に見えてきませんか。難しい仏教書を読むより、われわれの生活や社会の中で起こっている具体的な問題にちょっと視点を変えてみるだけで、週刊誌も随分社会的に貢献してるじゃないですか、ということになりませんかね。道徳だ、倫理だなどとお説教しなくても、知らぬ間に「ああ、そうなんだ」と納得してるんじゃないかな？

週刊誌イコール仏教書はこの辺で、と。

それにしても僕は本を読まない人種です。朝日新聞に月一、二本の書評のために読む本以外には全く読みませんね。セトウチさんは病人になって寝てても本を読むとおっしゃっていましたが、本ってそんなに面白いですか？　僕は読書に時間を奪われるのが勿体なくて、そんな時間があるんだったら、ボヤーッとしていても絵のことを考える方が好きですね。絵はなるべく言葉から離れて、「考えない」ことを考える作業なんですよね。頭で考え過ぎた絵はだいたいつまらないものが多いです。

「なんで、こんな絵になってしもたんやろ」と思える絵の方がいい絵なんです。言葉で説明するような意味があったり、目的のある絵はショーモナイ絵が多いです。絵は感覚を肉体表現したもので、この辺は文学とは違いますね。文学者は文学者になるように、画家は画家になるような生い立ちを経験しているように思います。

もし子供の頃から読書家だったら、僕はおそらく画家にはならなかったと思います。何が一番好きかというと、やっぱり絵で、何が一番嫌いかというと本だったです。わが家には水谷準の探偵小説が一冊だけありましたが、その本の挿絵はよく見たけれど、読んだことはなかったですね。

その点、セトウチさんは子供の頃から本漬けの生活でしょう？　ああ怖！　だけど僕の周囲の友人、知人は読書の虫、または作家的職業の人達ばかりです。そこが面白いですね。なぜですかね。

まだ体調不十分で都心には出掛けていません。閉じ籠もりも悪くないですね。

元々画家はアトリエに閉じ籠もって描くのが日常です。小説家も画家と同様孤独な商売ですよね。さあ今日もこのあとアトリエに閉じ籠もります。

世の中に恋愛があると知ったのは…

瀬戸内寂聴

ヨコオさん

あなたが本を読まない人種だなんて、私はダマサレませんよ。はじめてお宅に伺った時、あの応接間の客の座る背後の壁いっぱいにズラーッと並んでいた本、それも新刊書ばかりに、目をまるくしたのを、はっきり覚えています。

今時のモノ書きで、こんなに新刊書を読む人、ゼッタイいないと、愕(おどろ)きで目を丸くしたものです。もし、あの三分の一くらいしか読んでいなくても、ヨコオさんは、それぞれの小説家より、ずっと読書家だと信じています。飽きっぽいから最後の頁までは読まないでしょうけれど、あれだけ新刊書を並べるだけでも、大した愛書家だと尊敬します。

うちの父は木工の職人で、当時義務教育だった小学校四年を卒業すると同時に、サヌキ

Setouchi

からトクシマの木工の親方の所へ住込み奉公に出されたので、本に縁遠く、私の生まれた時は、一ダースほどの住込み弟子のいる木工の親方になっていたので、およそ読書の習慣などありませんでした。母は代々庄屋の家の長女に生まれたので、昼間はいつも日当たりのいい部屋に寝そべって、貸本屋の持ってくる婦人雑誌ばかり読んでいたと、叔母がよく話していましたが、その程度の読書熱で、私がもの心ついた時からは、常に十人余りいた父の住込み弟子の面倒を見るのが精一杯で、読書の時間などありませんでした。

従って、家には父や弟子たちの覗くキングや講談雑誌と、母の定期購読する婦人雑誌しかありません。堅い表紙のついた「本」など、一冊もありませんでした。字を早く覚えたので、父の弟子たちの読み古した講談本や、大人の小説を読みふけっていましたよ。

五歳年長の姉の小学校の担任の先生が姉をごひいきで、家にもよく呼んでくれ、私は必ずその後にくっついて、先生の家に行きました。

その家の二階の、先生の部屋の壁一杯に本が並んでいてびっくりしました。世界の小説の名作を訳もわからず、借りたその本で読みふけりました。

徳島の殿様だった蜂須賀さんのゆかりの図書館が、公園にあり、そこで本を読むことを、小学生になった頃から覚え、ずいぶん利用しました。姉が読書好きだったので、その影響を受けて、読書好きになったと思います。

けれども、世の中に恋愛があると知ったのは、読書のおかげではなく、物心ついた時から聞いていた人形浄瑠璃のことばからでした。

子供の頃、徳島では、「箱廻し」と呼ばれる人形遣いが町を廻り、肩にかついだつづらを二つ並べ、そこに渡した横棒に、つづらの中の木偶（でく）人形を掛け、口三味線をひとりでかたり、人形を舞わし、見物に集まった子供たちは、一銭で飴を貰い、その浄瑠璃を聞き覚えたものでした。

ヨコオさんと、私の子供の頃の読書歴史は、似たようなものですね。およそ本に縁のない家に育った私たちが、長じて、日本の文化にそれぞれの花を咲かせているのも不思議なものですね。

さて、私も老衰で体が次第に不自由になり、全く外へ出かけなくなりました。昔はあんなに速く、脚が丈夫で、よく歩いたのに。まあ、満九十七歳まで生きたら、この程度でしょうがないでしょうね。

転生し、UFOで地球の未来を見物したい

横尾忠則

セトウチさん

あれ!?　気が変ったんですね。この前の長篇小説の最後に、また次の世でも女流小説家になりたいとおっしゃっていませんでした？　それを読んだ時、ああ、やれやれ、まだ同じ人生を続けたいんですか？と思いました。僕はもう絵描きなんて二度とやりたくないと思っていただけに、なんて小説家は業が深いんだろうと思いました。

僕は別に絵はやりつくしたとは思いませんが、飽きたんです。残った命の時間の中で他にすることがないので絵は描くと思いますが、如何にも「飽きました」というような絵を残すのも面白いかも、と思っています。

セトウチさんはあの世でお好み焼屋もいいなあとおっしゃっていますが、死んで肉体の

ない連中ばかりの所で食べ物屋をやっても全く流行りません。食う必要がないからです。僕に弟子入りして、絵を描きたいとも。あちらの世界は想念の世界で、想ったことは即座に形になりますから、絵を習う必要はありません。自分自身が芸術的存在になりますから、ボンヤリしててもいいんです。

あの世は階層に分かれていて、同じ偏差値になっているので、類は類をもって集まる親和性の世界ですから、もめごとも一切ありません。そんな世界のことを天国だ極楽だ、と言っているのですが、その内退屈してきます。「やっぱり現世の方がよかった」と思い始める人は、再び転生を求めるでしょうけれど、向上心のある人は、この退屈世界から上の階層に上昇したくなります。でも向こうで意識のレベルアップをするのは並大抵のことではないので、できれば肉体のある内にこちら（現世）で修行して置きなさい、と宗教は言っているのです。でしょう？　僕はもうこの寸善尺魔のうっとうしい世界には二度と再生などしたくないので、できれば不退転を希望したいと思っています。

ですから転生は打ち止めにしたいですね。三島さんが亡くなる3日前（午前0時を廻っていたので正確には2日前）の電話で、僕が描いた三島さんの裸像を見て、「あれは俺の涅槃像だろう？　そーに決まっている」と自分で決めつけていましたが、その口調から想像すると、もう輪廻の輪から脱却して、不退の土であ（ど）る「涅槃」に行くのを決めているという意志の強さを感じました。切腹するほどの強い意志で死んでいった三島さんは、きっと不退転の人となっていると思います。

ある時、まだ現世に未練があった時、僕は転生をして宝塚歌劇団の男役のトップスターになりたいと思っていました。ただ女性に転生するのではなく、女性でありながら男性を演じる、両性具有に憧れていました。芸術は両性具有の原理によって作品が誕生するので、そんなメカニズムを肉体で体感したいと思ったからです。でもタカラジェンヌに転生することも止めました。タカラジェンヌの賞味期限は短いので、退団したあとのことを考えると、どーもネ、と思ったんです。まあ半分冗談、半分本気でしたけれど、今は何にもなりたくないですね。まあなるとすれば宇宙人に転生して、UFOで地球の未来を見物したいと思っています。

デハ、チキューノミナサンオゲンキデ、サヨウナラ。

ついに出たUFOの話、大喜びです

瀬戸内寂聴

ヨコオさん

あの世は階層に分かれていて、その人の質によって、一度その段階に入れられたら、上下の階層の人とは往復出来ないということ、谷崎さんの小説『痴人の愛』のナオミのモデルのせい子さんから聞かされたことは、この往復書簡の中で、すでに話しましたね。せい子さんはその階層の上下を決められる死人の質のことを、非常に重くとらえていて、下の段階に行かされる人物ほど、上の段階より劣る人物だと断言していました。

もし、ヨコオさんと私が死ねば、絶対、ヨコオさんが上層で私が下層の段階にやられることでしょう。そして、私は、この世では、ヨコオさんにバカにされるほど、愚直に、小説家としての自分の立場にしがみついているように、あの世でも、与えられた下層の段階で涙ぐましく励みつとめることでしょう。それだから、私とヨコオさんは、この世限りの縁しかないと思います。何だかロマンチックな関係でいいじゃありませんか。平野啓一郎さんの、今、あたっている小説『マチネの終わりに』みたい。

それはさておき、ついにヨコオさんの方から「ＵＦＯ」の話が出てきて、私は大喜びです。ヨコオさんにバカにされるかもしれないけれど、私はまだ一度も半度も、「ＵＦＯ」なるものを見たことはありません。ヨコオさんと仲良くなるよりもっと以前に、女流随筆家の森田たまさんから、よく彼女が見るというＵＦＯの話を聞かされました。その頃は、ＵＦＯなんてシャレた名ではなく、「空飛ぶ円盤」と呼ばれていました。たま女史は、この円盤を何度も見たと、興奮気味に話してくれました。『もめん随筆』なるベストセラー作家のたま女史の、円盤対面の話は、名人の落語を聞くより名人芸でありました。

それからしばらくして、寂庵へ初対面の可愛らしい乙女が二人訪れました。その一人は「ＥＰＯ」だと名乗り、当時居た若い寂庵のスタッフたちが、「ヒーッ」と声をあげて喜んでいました。つまり、当時若者間に人気のでていた歌手の「ＥＰＯ」だったのです。

ＥＰＯは、ただ何となく寂庵を通りすがり見つけて寄ってみただけだったのでしょう。これという話もないので、最近よく自分のアパートの窓近くに寄ってくる円盤のことを話しだしました。彼女の見る円盤には白人種らしい若い男が乗っていると云うのです。私は

それを聞くなり、

「あ、円盤のことなら、通の人がいるから」と言い、すぐヨコオさんに、電話しましたね。受話器をＥＰＯに渡し、しばらくあなたたちに会話して貰いました。受話器を収めたＥＰＯは、若い頬を可愛らしく上気させ、

「ヨコオセンセは、〝ＵＦＯ〟には悪いＵＦＯと、良いＵＦＯがあって、悪いＵＦＯはあなたのように可愛いムスメさんを見ると、近寄って、さらっていくから気を付けるようにとおっしゃいました」

と、報告しました。欽ちゃんのテレビの良い子、悪い子が流行っている当時のことでした。ＥＰＯとは、それ以来会ったことはありません。

この次は宝塚を一緒に観た時の話をしましょうね。その前にヨコオさんと京都の山でＵＦＯを一晩中待った話がありますよ。

では、おやすみなさい。

得度四十六年の記念日に。

寂聴

Setouchi

嫌なことはしない老齢の生き方、なるようになる

横尾忠則

セトウチさん

この往復書簡ではぼくがいつの間にか往の立場になって、何か話題を提案しなければいけないのですが、毎回、何を話題にしていいやら困っています。前回は人間が死んだら、どこへ行くのかしら？という仮定の話をしましたね。死んだら無になると考える人は大半ですが、ぼくは死んでもぼくでいることは続くと思っています。

今、ぼくがここにぼくとしているのも、かつて生きていた（前世での）行ないの結果、今の人生で帳尻合わせの体験をさせられていると思っています。こうして人間は死ぬことで、再びこの世で生を得て、生かされるんだと思います。

生きている間も大変ですが死んでからも大変かも知れません。勿論全然大変でない人も

いるでしょうね。それを決定するのは結局自分自身だから、天国に行くのも地獄に行くのもその本人の内なるエンマ大王が決めるんだと思います。その人間の欲望と執着の強弱で決まるんじゃないでしょうか。強烈な欲望を持ったまま死ぬ人は大変だと思います。特に名誉欲の強い人は、物質欲や色欲の強い人よりも大変かも知れませんね。

そんなことに気づいたぼくは、70歳になった時、『隠居宣言』という本を書いて、社会的な欲求よりも個人的要求に重点を置いて、依頼される面白い仕事よりも、自分の好き嫌いで仕事を選ぶようにしてきました。いくら社会的に評価されようとも、自分で納得のいかない仕事は極力避けて、好きなことだけして、嫌なことはしないという方針に生き方を切りかえてきました。すると仕事が全て遊びに変換されることに気づきました。人がどう見るかは問題外というか、どうでもいいことになっていきました。いい意味での我が儘です。老齢の生き方はこれしかないと思っています。そうすると、依頼される仕事も、好き勝手にできるような種類の仕事がやってきます。それでも断ることも多いです。そして断る楽しみも出てきます。

その代りに忙しくなります。依頼される仕事で忙しいのではなく、自分の趣味の延長上で、遊びと同一化した仕事（これを仕事と言っていいか、どうか迷うところです）ですから、つまり遊びで忙しくなるということです。ここには目的も結果も執着も、野心も欲望もないわけです。なるようになることにまかせる生き方ですから、どうなってもいいわけです。

ですから、思想もありません。絵の主題（テーマ）も様式（スタイル）もありません。誰が描いたかわからないような絵になってくれれば、言うことないです。個人（自我）という自分を持ちながら、個という普遍になれれば最高ですね。レンブラントが自画像を描き続けたのは自分を消す作業でもあったように思います。

セトウチさんも得度をすることは、世俗的な自分を消滅させる作業（？）だったんですね。そのために女の命である髪を切っちゃったわけです。そして好きなことだけをして遊んでいらっしゃるんでしょう？　そのために、うんと長生きして下さい。

老齢の生き方は創作という遊びしかないように思います。ものを作ることで長寿が約束されるのです。

セトウチさんを見ているとそう思います。長生きの特効薬はこれしかありません。

まなほにわざと意地悪
内心では…

瀬戸内寂聴

ヨコオさん

日がどんどん過ぎてゆき、二〇一九年も早くもクリスマスがそこに近づいてきました。寂庵では、秘書のまなほのお腹にいる赤ちゃんが、みるみる育って、毎朝、まなほが寂庵に来て、

「お早よう」

と、私の寝室へ飛び込んで来る度、目に見えて大きくなっているお腹が、まだベッドの私に力強く迫ってくるので、恐怖を感じます。

はちきれそうな大きな西瓜が二つくらい入っていそうなお腹から、今にも赤ちゃんが飛び出してきそうな迫力です。赤ちゃんは男の子で、鼻が高いそうです。今では何でもそう

Setouchi

いうことが機械でわかるそうですね。まなほは、鼻の高い赤ちゃんは、自分に似ていると決めています。私はわざと、

「九十七歳の私が見てきた限り、美男美女の親の赤ちゃんに、案外、ブスちゃんが生まれているのよね、どうしてかな」

など、まなほが逆上しておそいかかってくるような、意地悪を言ってやります。

でも内心では、この子は凄くイケメンで頭がよく、将来ノーベル賞を貰うような人物になるだろうと信じています。

私には昭和十九年八月一日に、北京で生まれた娘があり、彼女の子が産んだひ孫が、三人も出来ましたが、三人とも女の子です。

まなほのお腹の赤ちゃんが、自分の男の子の赤ちゃんのような気がしています。

つい最近の法話の日のことでした。道場に百六十人ほどが、ぎゅうぎゅうにつめこまれて座っていました。いつものように私の話が終わり、質疑応答の時間になった時、座の中央あたりから、紳士が一人で手を挙げてマイクを求めました。堂々とした初老の紳士が立って話されました。

「私は、北京で寂聴さんが、女の赤ちゃんを産まれた病院の、院長の息子です」

「ああっ！」

と私は悲鳴をあげました。

産気づいて、ヤンチョ（人力車）に乗って、夫と二人でその病院へ行った空の、冴え渡った月の光をはっきりと覚えています。

西単(シイタン)の中ほどの路地の奥に、こぢんまりとしたその産院があり、院長先生はおだやかな物腰の、やさしい紳士でした。その明け方、私は嘘のような安産で、娘を産んだのです。

今、その娘は七十五歳の未亡人になっていますが、二人の子を産んだので、孫が三人も出来ています。私にとってはひ孫です。三人とも女の子で英語しか話せません。

北京の院長先生は、引き揚げて和歌山の方でお暮しでしたが、よく御家族に私のことを話されたとのことでした。私も文通をして、そのうちお逢いしましょうと言いながら、果たせず、亡くなられたのでした。

ヨコオさん、人間って、生きていたら、死ぬまでに思いがけないことが起こりますね。

私はさすがに、全身が老衰のため、みるみる弱ってきましたが、新しい年を何とか迎えられそうです。あるいはクリスマス過ぎに、ぽっくりあちらへ旅立つかも。それもまたよし。

ヨコオさんに倣って、私もせいぜいこの世の残りの時間を、愉しく、美味しく送りましょう。では、またね。いい夢を――。

タマにおでん…猫は〝人生の必需品〟

横尾忠則

セトウチさん

猫の話をさせて下さい。野良で迷い込んだ猫が15年ほどわが家の住人（住猫？）として共生共存してきましたが、6年ほど前に15歳で夭折しました。最初わが家の勝手口から這入ってきて、すぐ居候してしまいました。間もなくするとお腹が大きくなってきたのでこりゃ妊娠だ、お腹に卵が入っている、だから、タマゴと命名したのですが、しばらくすると元に戻りました。

野良の清貧生活のあと、わが家でドカ食い（関西では過食のこと）したために、妊娠していると思ってあんな名にしたのですが、単にぼくの思い違いで、「ゴ」を取ってありきたりの「タマ」にしたというわけです。

そんなタマを偲んでレクイエムのつもりで、旅にはキャンバスと絵具を持参、ホテルで寝る前とか朝の時間、それから度々入院時には病室がアトリエになります。現在七十数点になったので、来春辺りに画集と展覧会を計画しています。

猫は子供の頃から何匹も飼い、上京して一軒家を借りた時は5、6匹、今の家でも多い時は7、8匹いて、交通事故に遭ったり、行方不明になっていつの間にか減ってしまいましたが、猫はぼくにとっては生活必需品なので、猫のいない生活は絵筆を取り上げられたも同然、ぼくのアートに決定的なダメージを与えてしまうので、猫の切れた人生は死そのものです。今や人生の必需品として手放せません。

現在、事務所に2匹、わが家に1匹。アトリエにも欲しいのですが、留守になることが多いので、思案中です。自分の年齢を考えると猫の方が長生きするので、アトリエは、難しいですね。猫は犬と違って我儘ですよね。アーティストが見習わなければならない点はここです。もうひとつ、猫の無為な生き方です。

現在、わが家にいる猫はおでんという名前です。名前の由来は人に言うほどのものではないです。語感がいいのでおでんです。この子は事務所の2匹と姉妹ですが、事故に遭って、病弱だったのでわが家に引き取ったのです。三姉妹の母猫は野良で、いつも来ていたやはり野良が夫猫で、子供を産む時だけ部屋の中に這入ってきて、乳離れの時期が終わるとサッサと母猫は再び野良に戻りました。その間、子猫の父猫は病気で野たれ死にしました。

猫は帰巣本能があって、おでんは事務所と自宅が目と鼻の先なので、元いた事務所に戻るのではないかと心配したのですが、一向に戻ろうとはしません。事故に遭った時、首にラッパのようなものを付けられたり、全身包帯のグルグル巻きで透明人間みたいだったので2匹の姉妹に変な奴としていじめられたせいでしょうか、それとも帰巣本能を失ったのか、事務所には戻りません。事故で頭を打ったりしたので、少しアホ猫になり、雨の日は家の中、所かまわずオシッコをするのが困りものです。これもわれわれに与えられた試練かと思うしかありません。

その点、死んだタマは天才肌の猫で、読心術に長けていました。人間の文化より猫の方が文明的です。今日は余計な話をしてしまいました。ニャンちゃって。

黒猫のマル、誰より早く私を出迎えた

瀬戸内寂聴

ヨコオさん

急に寒くなりましたね。風邪などひいていませんか。私は日々老いが増し、ヨコオさんの猫のように、終日ベッドに横になっています、と言いたいけれど、ものを書くのは、寝ては書けないので、ベッドに腰かけ、わき机をひきよせて書いています。

そんなに仕事するな、みっともないぞと、ヨコオさんに叱られそうだけれど、私は、書くのが本来大好きなので、書かない生活なんて考えられないのです。

先日も、『群像』の新年号に、小説二十七枚も書いてしまいました。

勢いが乗ったので、ついつい、徹夜をしてしまいました。年のせいで、その後がこたえます。当たり前ですよね。

Setouchi

でも、そんな暮らしが好きなのだから仕方がありません。私もヨコオさんと同じく、好きなことしかしていないのです。断りたいような仕事は頼んでこないので、みんな引き受けてしまうだけです。いやいや書いたものなど全くありません。

九十七にもなって、なぜ、まだ、カツカツした仕事をするのかと、言われることがありますが、好きだから書いているだけです。

遺言はまだ書いていませんが、一昨日の晩、遺詠の俳句は、十ほど作れました。季語さえ変えれば、どの季節に死んでも全部使えます。

形見分けの品も、貰ってもらう人も整理出来ました。

さあ、いつでも来い、と「死」に向かって言っています。

日々、体力の衰えを感じるので、出来れば、自分でトイレに行ける間に、さっさと死にたいと願っています。

出家者の私は、すべてが、あなた（仏さま）まかせなので、それ以上、あれこれ案じたことはありません。

棺に、筆記用具など入れないでくれと、寂庵のスタッフに言ってあります。

あの世では、そんなものは買わなくても、必要な時、パッと目の前に出現するのではないでしょうか。

ヨコオさんとは向こうでもバッタリ、どこかで逢いたいものですね。

あちらでは「念」が強くなるので、そう念じれば逢うかもしれません。置かれる段階がちがうけれど、時たま、ダンスパーティとか、盆踊りがあるのではないでしょうか。その時は、ヨコオさんがデザインしてくれたあのガイコツの、踊り用の浴衣を着て、パーティに出ましょう。

ああ、そんなことを想像すると、早くあの世で逢いたいですね。

それにしても九十七とか、八になると、人間の体は、ほんとに老衰がひどくなって、あまり動けなくなるのは、心外なことです。

そうそう、猫は、あちらでは飼い主と逢えるのですかね。うちの黒猫のマルは、留守の多い私が帰庵すると、誰よりも早く気がついて、走り出て出迎えました。やはり、「逢う」ということは、相手が人でも動物でも心の踊る嬉しいことかもしれないですね。ヨコオさんちの猫も、うちの猫たちも、わたしたちの逝くのを待っているような気がしてきました。

では、またね。

Setouchi

長寿の秘密、隠していることあるでしょう？

横尾忠則

セトウチさん

世間が興味を持って怪しく思っていることはセトウチさんの元気で長寿の秘密です。長寿の秘薬でも飲んでいるのでは？　と誰もが疑ってもおかしくないですよ。よく食べて、よくしゃべって、よく悪口を言って、よく書いて、よく眠って、だけではないでしょう？他に何か隠していることがあるでしょう。こんな質問を読者を代表してぼくがお聞きします。

97歳で現役で連載を何本も抱えて、これを全部こなすことのできるセトウチさんは化物です。魑魅魍魎の古都にはそんな魔界の霊力の点滴薬を注入してくれる病院でもあるのですか、あるなら、ぜひ紹介して下さい。病院の好きなぼくなら長期入院も糸目をつけません。ねえ、皆さん、そう思いませんか？

現実に話を戻しましょう。セトウチさんの意見を聞く前に、バリバリの老人ではない、チンピラ老人のぼくの場合はこうです。以前にもこの書簡で触れたかな？　とも思うんですが、病気にならない元気のヒミツは先ずストレスのないことだと思います。ストレスのある人は何かにつけてピリピリしています。そのピリピリをはずせばストレスもなくなりますが、ピリピリ以前に、思うようにならないからピリピリするのです。そのピリピリの根源にあるのは人間の欲望、執着です。仏教徒のセトウチさんに代ってしゃべっています。喝(か)!!

——とぼくは自分の経験を通してしゃべっています。そしてもうひとつ。生活のクリエイティビティです。創造というと芸術的に聞こえますが、何でもいい、想像したり、空想するだけでもいいのです。何故いいかというと、それらは全て遊びにつながるのです。遊びのない人はストレスが大きいです。では遊びとは何か？　というと、役にたたんこと、大義名分的な、何かのためという目的を持たないことです。やっていること自体を目的にすれば、それそのことが、すでに遊びになっているのです。何かのために何かをやろうとするとそこには遊びがなくなります。

そして、無頓着な性格でいることです。「どうでもエエやんけ、それがどないしたんや」

という暢気さが必要です。関西人は口癖のように「しゃーないやんけ」と言ってすぐ諦めます。この諦めるということが大事です。「まあ、何とかなるでえ」という気持が必要です。宿命とか運命は、それに逆らってがんばる人もいるけれど、「なるようにしかならへんで、それでええやんけ」という生き方ができる人は、知らず知らずの内に上手く運命に従って生きることのできる人です。ラテン系ですね。

そんな生き方が寿命を延命し、健康な生活を送ることができるのです――とぼくは思っています。そして死ぬことがあると、それは寿命だと思うしかないのです。生きるということは、ある意味で諦めることでもあると思います。自分の欲望に振り廻されない生き方ですね。お後は寂聴先生の面白い説法が始まります。よろしくお願いいたします。ハイ皆様、拍手!!

「ハイ、私、横尾さんの難聴じゃなく、寂聴です（笑）。横尾さんは聴くのが難しい、というより、人の言うことを聴かない人です（笑）。だから横尾さんの言うこと聴く必要ないです」

逃げずに好きなように生き、長命に

瀬戸内寂聴

ヨコオさん

年の瀬もせまってきて、また一つ歳をとりそうです。数えでいえば、今度の正月（二〇二〇年）で、私は九十九歳になるんじゃなかったかな。

ヨコオさんは私の長寿に何か秘密がありそうだといってたけれど、そんなもの何もないよ。ただ、ヨコオさんのいわれるように、私も好きなように生きてきたのが、一番長命の役にたっているのではないかしら。

そのかわり、家庭をとび出したおかげで、さんざん、世の中からひどい目にもあわされたけれど、それは自業自得と割りきっていて、当然受ける罰だとすべて逃げずに受けてきたのが、薬になっていたのかもしれない。

Setouchi

しかし、今ふりかえってみると、ひどい偏食で、栄養失調だった私が、二十の時、突然、新聞広告にうながされ、東京の女子大の寮を飛びだし、大阪の断食寮へ飛びこんで、四十日の完全断食をしたおかげだとしか考えられない。

全く食べないのは二十日間で、あと二十日かけて元食に戻り卒業する、その間、掃除くらいさせられるが、そんなことも出来なくなり、ただ、うつらうつらと寝てばかりいる。食べないのには馴れるが、元食にかえる時、同じ食堂でたきたてのご飯など食べている人をみると、殺してやりたくなった。出山釈迦のように骨と皮ばかりになって女子大に帰った時、皆に気味悪がられた。

私は断食寮で教えられたことを、守りつづけ、砂糖は一切取らず、割合ぜいたくな女子大の食事も半分も食べなかった。しかし、体は次第に肉がつき、断食式の食事がすっかり身について、私は全く別の体に生まれ変わっていた。

その後はほんとに丈夫になった。少し加減が悪くなると、一日、二日、断食すればすぐ治ってしまう。結婚して、北京へゆき、子供を一人産んで、終戦で親子三人で引きあげてきてからも、ずっと達者になった。婚家を着のみ着のままで飛び出し、小説を書き始めてからも、苦労はしたが、それを苦労と自分で感じたことはなかった。

ヨコオさん、あなたのおっしゃる通り、健康は心の持ちようからですよ。九十二歳で、ガンが見つかった時も、即、切ってくれと医者に告げ、取ってもらいました。五十一歳で出家したことも健康の基になっていると思います。今、困っているのは、もう死にたいのに、一向に死にそうにないことです。

ものが書けなくなれば、私の場合は、生きていても無用だと思います。

ただし最近体は徐々に衰弱してきました。あとは呆けないで、さっぱりとあの世に旅立ちたいものです。

それにしても寒いですね。でも今年の紅葉はかつてない程、きれいでしたよ。出家して四十六年にもなりました。

あ、そうそう、まなほに十二月三日、赤ちゃんが生まれました。男の子で美男子です。頭の中身はまだわかりませんが――。二十日も早く生まれて親孝行な子です。まなほは益々元気一杯です。生きている私に、自分の赤ちゃんを抱かせたと、自慢していました。

風邪がはやっているようです。ひかないようにしましょうね。

では、また。

もしもタカラジェンヌになっておられたら

横尾忠則

セトウチさん

「タカラヅカに入りたかったのよ」というセトウチさんの言葉に吃驚仰天。じゃ、行きましょうと宝塚劇場にセトウチさんをご案内したことがありましたよね。この頃、僕は宝塚の公演ポスターを描いていて、色んな組のトップスターと親しくなっていたので、彼女からプラチナシートという舞台の一番前のド真中の席のチケットを入手して、「ベルサイユのばら」を観に行きました。そして、フィナーレが終わった直後、楽屋で男役トップスター、娘役トップスター、そして準主役の三人と逢って、記念写真を撮ってもらいましたよね。憶えていらっしゃいますよネ。

プラチナシートに座ると、トップスターから、投げキッスがあったり、ウィンクを送られたり、目と目を合わせて歌をプレゼントされたりで、他のお客からやっかみを受けたかもしれないほどの名誉な特別席なんですよ。この日はセトウチさんが来ているというので舞台のタカラジェンヌの間で話題になって、大変だったんじゃないかな。

今から21年前の話です。僕が初めて宝塚を観たのは1998年。雪組の「浅茅が宿」でした。この時の男役トップは現在専科の轟悠さんでした。「こんな世界があったんだ！」と感動した僕は劇場を出るなり、宝塚関連商品を販売している店で、タカラジェンヌのブロマイドをいっぺんに1000枚買ったのが、宝塚に病みついた最初です。

そして帰京するなり、主役の轟悠さんと対談することになり、その後、月組の真琴つばささんの口利きで月組公演「LUNA」のポスターを作ることになってからというもの、他の組のポスターも次々と描くようになって、最後は、やはり轟悠さんの「タカラヅカ・ドリーム・キングダム」の舞台美術まで手掛けるようになったのです。その後も観劇を続け、宝塚歴10年、押しも押されもしない立派なおやじファンになりました。

宝塚は世界でも類のない女性ばかりの演劇集団です。男役は現実の男性も足元に寄れないほど格好良く、この地上のどこを探しても見当たらない美の結晶とも言うべき美の化身で、特に男役は両性具有として芸術の美神なのです。だから僕が彼らに惹かれない訳はないでしょう。

芸術の創造は、男性原理と女性原理の結合によって作品が誕生するのです。女性が受信したインスピレーションを男性に与えることによって創造が成立するのです。そんな感動を宝塚歌劇は感性によって観る者に伝えてくれるのです。そこに僕は共鳴、共感、まいっちゃったんです。

そして、生まれ変って来世こそはタカラジェンヌの男役トップスターになろうと思ったんです。このことはこの間の手紙に書きましたよね。僕が宝塚に惹かれた理由は以上ですが、セトウチさんが宝塚に憧れてタカラジェンヌになろうとされた動機は一体何だったのですか。ぜひ、セトウチさんの宝塚のお話をお聞きしたいものです。男役ですか、娘役ですか、どっちに憧れておられたんですか。もしなっておられたら、97歳の元タカラジェンヌのおばあちゃんとお友達で別の歓びがあったかも。

♪すみれの花咲く頃
はじめて君を知りぬ

初めてタカラヅカ観たのは１９３５年かな

瀬戸内寂聴

ヨコオさんがタカラヅカを初めて観たのは、１９９８年ですって？私が初めてタカラヅカを観たのは、12歳の時だから、今から85年前、１９３５年じゃなかったかな、私はアタマのいい優等生といわれて育ったけれど、実は算術が一番きらいで、今でもお金の計算が全くダメなのです。だからこの年の数も合ってないかもしれない。いずれにしろ、私の計算によれば、私がヨコオさんより63年も前に、タカラヅカを観たというわけです。

忘れもしない、その頃、スターのトップは男役の葦原邦子で、女役のトップは小夜福子でした。小夜福子は男役もかねましたが、どちらの役も美しさと可憐さがあり、後に女優になって、これは女役でスターになりました。葦原は、顔は美人ではないけれど、男役に

Setouchi

なって舞台に立つと、セクシーな男の魅力が出て、女客はキャーッとなっていたようです。

12歳の私は、そんな色気など、何もわからず、ただ目の前にくり広げられるこの世ならぬ華麗な舞台に、夢中になりました。初めての舞台の題も覚えていませんが、「マグノリア」という舞台は、なぜか題も中身も、今でも思い出されます。これは葦原邦子が男役で主役でした。

五つ年上の姉が、私以上に宝塚に夢中になったので、二人で徳島から船に乗って神戸へゆき、走りこみで迫ったものです。

当時は、女学校では、映画も禁じられていたのに、宝塚は、男が一人も舞台にはいないので、見ることを許されていたのです。土曜の夜の船で神戸に往き、日曜の夜の船で徳島に帰り、月曜の授業を受けるという離れ業を毎回しました。

帰った日は、授業が終わると、私のクラスの生徒はみんな残り、私から、宝塚の舞台のすべてを聴くのが楽しみでした。私は口をきわめて舞台を語り、セリフまで真似しました。残念ながら歌が下手なので、主題歌が伝えられません。

でも、そうやって、何度通ったでしょうか、女学校を卒業して、東京女子大に入ってからは、ピタリと熱がさめ、年に一度か二度くらいしか観ていません。愕いたのは、あの男役のスターの葦原邦子が、「昭和の夢二」といわれた抒情画の名手で、少女たちの憧れの的だった中原淳一と恋愛結婚したことでした。

中原は私の故郷の徳島の出身なので、私は格別の好意を持っていて、その絵を愛していた為、この結婚にはびっくり仰天しました。

後年、「ひまわり」や「それいゆ」という女性向けの雑誌を出版した中原と個人的にも親しくなったので、葦原との結婚があまり幸せではなく、後年、中原は妻子と別れ、一人住むようになり、度々、彼から話を聞くこともありました。

葦原邦子は、中原の子供も産み、女としての主婦役も務めましたが、気性がしっかりしていて、中原は結局、支配される形になったようでした。家族たちは母親につき、中原の晩年は独りになり、孤独なものでした。

人の一生は、終ってみないと、幸、不幸もわかりませんね。

それにしても十二月に入って急に寒くなりましたね。どうか風邪などひかないようにして下さい。では、またね。

Setouchi

長寿の秘密のひとつ、すぐ眠れることでしょ

横尾忠則

セトウチさん
眠ることに関しては天才的なセトウチさんはバタンQですよね。僕は反対にカッと見開いてしまって時々不眠症になることがあります。セトウチさんの長寿の秘密のひとつは、すぐ無意識になってコロンと眠れることでしょう。どうしたら、あんなに催眠術にかけられたようにコトンと猫みたいに眠れるんですか？

さぞ、たっぷりと夢もご覧になると思うんですが、セトウチさんからあんまり夢の話は聞いたことがないですね。三島（由紀夫）さんは「夢は見たことがない」とおっしゃっていました。「俺には無意識はない」と言う方だから、夢を見るはずがないですよね。そんな三島さんが小説の中で夢を見る話があるんですが、その夢の話は如何にも作り話で、僕

みたいに夢をよく見る者から言わしていただくと、かなりインチキ夢です。如何にも予定調和的な夢で、ああこの人は夢を見たことがない人だな、と思って「夢は見ますか？」と聞いたら案の定、「見たことがない」とおっしゃったのです。

去年（2019年）、セトウチさんの夢を見ました。京都の五条通で、占師になって、手相を見ているセトウチさんです。大勢の女性が行列を作っていました。通りかかった僕は「あら、またインチキ占いなどして！」と思いました。いつか四国の造船会社の社長だかにおみくじを頼まれて、「皆んなが喜ぶようなことばっかり書いちゃうの」とおっしゃったことがありました。そのおみくじのデザインを頼まれたんです。「ヘエー、インチキおみくじのデザインかァ」と、結局実現しなかったんですかね。そんなことがあったので夢の中の手相見のセトウチさんのいい加減な占いに、若い女性が行列を作って……、まあ鑑定代はいくらか知らんけれど、騙されたい女性がいっぱいいるんだと、夢の中で僕は思ったもんです。

僕は昔、神仏が出てきたり、UFOに乗せられて地球外惑星を見物したりするスペクタクルズな超常的な夢ばかりを見る時期が7年間ほどありましたが、最近は、現実的な日常とさほど変わらない、実に面白くもないつまんない夢ばかりを見せられています。

でも今でも、昼の現実に対して夜の現実も評価して二つの現実をひとつに合体させて、これが僕の現実だと考えるようになりました。そーいう意味で絵は、昼と夜の夢のコラボだと思っています。三島さんじゃないけれど、僕も夢がだんだん現実化してきているので、そのうち、三島さんみたいに「僕には無意識がない」と言いだすかも知れません。

でも死後の世界からこの現実を見れば、それは夢なんじゃないでしょうかね。怒ったり泣いたり、笑ったり悩んだりするこの現象そのものが夢だとすると、われわれは五欲に振りまわされたシンドイ人生を、これこそが現実だと思って生きていることになりますよね。そう考えるとこの現界は仮象の世界で、あちらが実相ということになりますね。そこでワーワー騒ぎながら結局三島流に言うと「仮面の告白」ということになるんでしょうか。無意識がない三島さんは仮面をはずした状態ってことかな。仮面をはずして生きられれば最高です。せめて夢では仮面をはずしましょう。いい夢を見ておやすみになって下さい。

バタンQ…夢になつかしの岡本太郎さん

瀬戸内寂聴

仰せのごとく、私は、閑さえあればバタンQと眠りに落ち、目が覚めれば、何やら食べつづけ、あわただしく喋り疲れ、またバタンQと眠りに落ちています。夢さえ見ないと、言いたいところですが、夢はたっぷり流れてくれます。

昨夜は、まるでこの手紙にお書きなさいというような夢が訪れましたよ。岡本太郎さんと、そのカノ女、平野敏子さんが、揃って現れてくれました。ほんとになつかしかったです。

このところ万博の話がよく出て、太郎さんの太陽の塔にテレビでお目にかかることが多いせいでしょうか？　夢の中の太郎さんは、私がはじめてお目にかかった頃から二、三年めあたりの若々しい姿でしたよ。まだ晩年の認知症の気ぶりなど、全くなく、小さな目を

Setouchi

倍くらいに見開いて、早口に、トツトツと喋っていました。そばには秘書（実は実質妻）の平野敏子さんが、背中いっぱいになる長い豊かな髪を、無造作にまとめて、全くの化粧気なしの素顔で、にこにこしていました。

彼女は東京女子大の私の二、三年下の学生でしたが、在学時は、全く無関係でした。在学時代から、ずば抜けた秀才だったということでした。太郎さんは本を次々出版していますが、それは、太郎さんが喋るのを敏子さんがすべて聞きとり、見事な文章に仕上げるのでした。

青山の太郎さんのアトリエ兼住居は、親の一平、かの子の時代からの住所でした。私が毎日のように出入りしていた頃は、横長の階下が応接間兼、太郎さんの絵や文筆の仕事場でした。棲み込みのお手伝いのよしえさんの仕事場（台所）や寝室もありました。二階は、太郎さんの寝室や、食堂、平野さんの部屋などでした。

ある日、太郎さんが私に向かって、

「きみは、いつも和服を着ているから、畳の部屋がいいかい？　六畳がいい？　四畳半がいい？」

と言い出しました。何でも、平野さんの仕事が多くなって大変なので、

「きみはまあ、文章も書けるから、ここへ来て、平野くんを手伝ってやってよ」

と言うのです。そのため私の部屋を二階に造るとか。あわてて、私が断ると、

「バッカだなあ、ろくでもない小説家になるより、天下の天才の岡本太郎の秘書になる方が、ずっとすばらしいのに！」

と言われました。それでも私は断り通しました。

太陽の塔の企画会議の席に、なぜか私も連れていってもらいました。太郎さんが情熱をこめて太陽の塔の説明をしていた声と顔が、今でもありありと浮かんできます。

夢の中の太郎さんの横には平野さんもいて、三人でどこかの料亭で、豪華な食事をしていました。昔、昔、そういうことがよくあったのです。支払いはいつも太郎さんでした。平野さんがサインしていました。夢の中で、太郎さんが食事をとめ、平野さんにボーイを呼ばせました。私はそれを聞くなり、席を立って食堂の外へ逃げ出し走り始めました。呼んだボーイに、この肉はくさってるとか、焼けてないとか、太郎さんが文句を言うのに決まっています。いつもそうなのでした。でも心の芯のやさしい人でした。また、夢に出てきてほしいです。では、また。

ネズミ年の僕、猫と相思相愛なんです

横尾忠則

セトウチさん

この手紙を書いている時点はまだ正月の三が日。セトウチさんのお手元に届くには編集部から転送されますのでちょっと時間がかかりそうです。

ところで2020年、僕は年男なんです。猫好きのネズミです。わが家のおでんが時々ネズミをくわえて自慢げに僕のベッドで、ネズミをバレーボールのようにトスしながら遊ぶので、僕はそのネズミを横取りして逃がしてやるんです。

猫とネズミが相性が悪いのは、神様が十二支を選ぶために○月○日○時に神殿に来るように動物たちに伝えるのですが、ネズミは猫には伝えなかったのです。ネズミは利口だから、足の遅い牛は早く家を出ることを知っているので、牛の背中に乗っかって、神殿に一番に着いた牛が「一番だ！」と思った瞬間に背から飛び降りたネズミはチョロチョロと先に神殿に一番乗りを果たしたんです。だからネズミは十二支の一番に、牛は二番になったわけですが、猫は何も知らされなかったので十二支の中には入っていないのです。だからいまだに怒っている猫はネズミを追い続けるのです。

僕はネズミ年だけれど猫が好きです。猫も僕のことが好きです。相思相愛っていうのは意外と猫とネズミの関係なのかも知れませんね。もし自分と同じ性格の相手だったら、自分の欠点がそのまま相手の欠点ですから、これは絶対上手くいくはずがないですよね。

前にいて今は死んでしまっていなくなったタマは、台所に大きいネズミが出ても、そのネズミを追いもしないで、ただ、「あっ、ネズミだ」というような顔をして、不動のまま正座して、ジッと眺めていました。このタマはよくできた猫で、どこか悟ったところがありました。そんな猫の前ではネズミも、猫の存在が透明になっているのか、そこに猫がいるにもかかわらず、いないと同様に行動していました。

忍者は他所のお屋敷に入って、追っ手が目の前にいても「石になれ！」と自らに念を掛けると、相手には見えていても見えない透明人間のような存在になるらしいですね。

以前、大島渚監督の映画「新宿泥棒日記」に出演して、紀伊國屋書店で本の万引きをアドリブでしなければいけなくなった時、僕は自分が横尾忠則ではない、役名の岡ノ上鳥男という架空の人間なんです。このシーンはドキュメントなので、もし見つかったら、犯罪者になるところです。店員は万引き犯がこの店の中にいることを知らない。つかまったらそれまでだが監督はそこまでフォローしてくれていないんですよね。「これは映画だから」と万引きがバレた僕が叫んでも、店員はそんなこと知らないので容赦なく、僕を事務所に引っぱっていくでしょうね。

その時、僕は忍者のように自分の存在を架空の人間であると認識することで、実は堂々と三冊、万引きしてレジの前をゆうゆうと通過しました。誰も僕に気づきませんでした。

この時僕はきっと、わが家の台所に現れたネズミに対する猫になっていたと思います。自分の存在を消したのです。だから店員は僕の存在が見えなかったのです。作品も作者の存在を消したような作品を描きたいですね。ではさようなら。

早くも二月 きっと桜も早いでしょう

瀬戸内寂聴

年男のネズミヨコオチュウクン

正月三が日に書いて下さったお手紙の返事をしている今日は、一月も明日でおしまいとなる三十日です。全く月日の経つのは何と速いこと！　元旦なんて、つい先日のような気がするのに、早くも二月が迫っています。

今年の冬はあたたかくてしのぎよいですね。寂庵は、月のなかばから白い侘助の花が連日、青苔の上に散りしき、すがすがしいです。いつもの年より、梅が早く咲き、蝋梅、白梅、紅梅、黒梅と咲きつづき、寂庵の庭は、どちらをむいても梅が鮮やかで、いい匂いに満ちています。

草一本なかった荒々しい造成地だったこの土地を思い出そうとしても浮かんできません。

世の中は中国の武漢から生じた新型肺炎の拡大で大騒ぎになっています。病院に好かれるヨコオさん、食事の時も眠る時もつけていられるマスクを探して、三枚くらい重ねてかけていて下さいね。キスの時も、ものを食べる時も、喋る時も、絶対外してはなりませんよ。それともさっさとお好きな入院をするのが一番安全かしら。

寂庵では前から手を洗う用意があるので、みんなでせっせと手を洗っています。一番洗うのを忘れるのがこの私です。

私はもう生き飽きたので、肺炎でも何でも、うつればいいと思っているのですが、スタッフのために、まあ、まめに手を洗っています。でもさすがの私も先日来、仕事をしすぎて、ぐったりして、食欲もなくなり、四、五日不調でした。えいっと、お酒をいつもの三倍呑んだらぐっすり眠れて、治りました。大きな声で言えないけれど、中国からの新型コロナウイルスの予防には、お酒がきくのではないかしら。

ヨコオさんは相撲はきらいですか？　私は荒畑寒村氏とつきあったおかげで、氏が大好きだったので、テレビで見るようになり、そのうち、国技館へ行くようになり、面白味がわかってきました。ひいきの力士は、生来浮気なので、次々変わりましたが、最近はずっと、豪栄道でした。生真面目な表情と、取口が好きでした。ところが、今度、初場所限りで十五年間の現役を引退してしまったので、がっくりです。

でも、最後の取口を見ていたら、もうやめるべきだろうと、痛々しくなってしまったのです。風貌が凛々しく、態度がいさぎよくいい力士でした。人気があったのもうなずけます。いい親方になれるでしょう。

何の世界でも、結局、才能と、人物ですね。芸術の世界や、勝負の世界では、才能の衰えを自覚した時が最後ですね。でも勝負の世界は知らず、私たちのように点数のでない芸術の世界では、自分の才能の点数を、はっきり自分でつけることはやりにくいですね。うぬぼれがなくなったら、その世界はつづけられないし、うぬぼれが、いつまでもとれなければ、それはこっけい人間だし、困ったものですね。

相撲は怖くないのに、プロレスは怖くて観ていられません。今度のオリンピックまで私は生きているとは思えません。でも思い残すことはありません。桜が咲いたら遊びに来てください。今年はきっと桜も早いでしょう。では、またね。

夢のようなこと本気でやれば長生きします

横尾忠則

セトウチさん

天に向って「エイッ!!」とセトウチさんが喝を入れると降っていた雨がピタリと止んだことがありましたね。だけどこの神通力が効力を失う時もありました。

天橋立に行く時、「エイッ!!、とやったからほらご覧、雨が止んだでしょう」とセトウチさん。ところが天橋立駅に着いた時はジャジャ降り。「エイッ!!」を連発しても一向に止まない。駅の改札口で人混みにまみれてセトウチさんを見失った時、人混みの中から物凄い大きな声の「エイッ!!」でびっくりした。セトウチさんを見つけて、「どうしたんですか？」と言うと、「今の声、凄かったわね!?　誰の声？　あの声、私？」。違います、あの声はどこかのおっさんのくしゃみの声です。「あっそう!?　私かと思った」。人の声と自分の声の区別のできないセトウチさん。ヤレヤレ。

今度は僕の話です。ある時、150号の大きいキャンバスに富士山を描いた。この絵をぜひ富士山に見てもらいたい、というとどこかのテレビ局が、トラックを用意して絵を積んで、富士山が一番大きくよく見える馬飼野牧場へ行くことになった。ところがこの日はあいにく深い霧で富士山の裾野からマッ白。地元の人も、こんな日は絶対見えません、あきらめて帰って下さい、と言う。

「よし、そーいうなら、僕がこの霧を消してやる！」と丘の上から力いっぱい息をフー、フーと吹きかけた。テレビの人もトラックの運転手も、僕の真剣な姿を見て、ころがって笑っている。30分、息を吹きかけたら、呼吸困難になってしまった。スタッフは丘を駆け下りてペットボトルの水を持ってきてくれた。水を飲んで再び息を吹きかけた。すると一時間が経った頃、裾野から霧がだんだん消え始め、やがてスッポリかぶっていた霧の中から富士山が全貌を現した。一斉に歓声が上がって、急いでカメラを廻し始めた。僕は貧血を起こして倒れたままだ。だけど、ついに富士山に僕の絵を見てもらうことができて、スタッフ全員は僕を尊敬の目で見てくれた。牧場主も、「不思議なことです」と感心してくれた。

この話を帰って、夜、美輪明宏さんに自慢の電話をしたら、「アラ、私だってできるわよ。

ヨコオちゃんがやっても不思議じゃないわよ」と、雲切り名人というのがいるという話をしてくれた。想念エネルギーという自然現象に変化を与える力が、もともと人間にそなわっているということを、その後何かの本で読んだ。

セトウチさん、今度、雲切りごっこをしましょうよ。雨雲を切ってピーカンにしてしまうという法力を競いません？

まあこんなたわいのない話ですが、いい大人が真剣になってやることが大事だと思います。こーいうことを本気でやっていると年も取らないような気がします。何の役にも立たないことを本気でやるのが芸術なんです。ですから、芸術を知識や教養のために学ぶのではなく、芸術を遊ぶことが大事なんです。ねえ、そうですよね、セトウチさん。夢のようなことを本気でやれば長生きします。

真面目は駄目です。遊びのない人は、面白くないです。自由を知らない人です。芸術のわからない人です。さあ、また来週。

そうだ! 葬儀委員長は美輪さんに頼もう

瀬戸内寂聴

ヨコオさん

あたたかい冬ですね。寂庵は花盛りです。

梅がずっと咲き匂っているし、今にも桜まで咲きそうに、つぼみがふくらんでいます。

私は、毎日ダラダラ寝てばかりです。何をする気にも、なりません。もう半分死んでいるのかもしれない。ムシャムシャ何でも出されたものは、みんな食べているけれど、格別おいしいと、思うこともない。

それでも、今日は病院へ行ってきました。定期的に行くことになっています。

三人のなじみのドクターが集まってくれて、三人とも「どこも悪くない、当分、死にそうにない」と、口を揃えて言うばかりです。

両親も、たった一人の姉も、早ばやと死んでいるのに、なぜ私一人が百歳近くまで生き続けるのか、わけがわかりません。

絵描きの天才は、世界じゅう、長命が多いですね。ヨコオさんも、ニッポン国の天才だから、きっと百三十歳くらいまで生きますよ‼

ワタクシは、どうやら、そろそろ、あちらへ出発との予感がしてきました。

百歳のお祝いの相談などを、早々としにくる人々が増えたので、我乍(われなが)らいささかあわてています。

墓は、徳島と、東北の天台寺にすでに用意があるのですが、京都は寂庵にもほしいと言い出されて迷っています。

ヨコオさんに略図を書いてもらったのがあるので、寂庵は、あの形式にしようと思います。

外出したので疲れましたが、寂庵の外へ出るのは久しぶりなので、もう春めいてきた京都の春の気配を、全身に感じ、うっとりしました。病院はマスクの人たちばかりで、ほとんど顔が見えません。

中国に発生した新型肺炎が日本にもうつり、世の中ではみんなマスクをつけて顔が見えません。ヨコオさんは、すぐはやり病にかかる体質なので十二分に気をつけて、目だけのぞくマスクなど奥様に造ってもらっておつけなさい。

猫からうつるかもしれないから、猫にもマスクつけてやりなさい。

それより、お好きな入院をして、病院で絵を描いているのが、一番安全かもしれないですね。

ヨコオさんがＴＥＬされた最近の美輪明宏さんが、とてもお元気だった由、嬉しくなりました。

神秘的な美輪明宏さんは、東北の天台寺まで、何度もいらして下さいました。

私が数えきれない参拝者に「生きた観音さまがいらっしゃいました」と告げると、三宅一生の黄金色のスケスケドレスを身にまとった美輪さんがしずしずと現れます。参拝者は「ワーッ」と叫んで、全身をゆさぶり、生きた観音さまをお迎えするのです。

美輪さんの全身から金色の光りが放ち、ホントの観音さまとしか思えません。全くマカフシギな人物です。

天台寺でお祭りしている南朝の長慶天皇の御霊が美輪さんに度々あらわれるそうですよ。

あっ、そうだ！　私の葬儀委員長、美輪さんに頼んでみようかな？

夢のようなことを本気でやるのが芸術家なのですよね。ヨコオさんも美輪さんも、ワタクシも、だからホン者の芸術家なんですよ、ねえー。また、ね、では。

Yokoo

ONに横綱たち…アスリートから刺激

横尾忠則

セトウチさん

怖いですねコロナウイルス。神戸の美術館で今日（2020年1月31日）タイミングが良過ぎますが「兵庫県立横尾救急病院」展のオープニングです。病院の先生はコロナも怖いけれど、インフルエンザが猛威をふるっており、僕の場合、持病の喘息がヤバイので、絶対都心にも移動しないで下さいと言われてアトリエに自主隔離することになりました。80代になると健康管理してくれる人が必要ですね。「ハイ、そこで筆を置いて！」とか言う人が必要です。もう調子に乗るようなことはないですが、絵はついつい描きますからね。

セトウチさんの寂庵の庭の実況放送は手に取るように見えます。あんな奇麗な庭を眺めながら、居眠りしてらっしゃるセトウチさんを想像して笑っています。そんなセトウチさんから相撲の話を聞くのは初めてです。僕は、初代貴ノ花、隆の里、若島津、そして千代の富士の化粧回しのデザインをしているんですよ。だから国技館の升席から何度も相撲を観ました。子供の頃は照国のファンでした。今は小さい力士が大きい力士を倒す炎鵬を応援しています。

貴ノ花夫妻や元北の富士と千代の富士も家に遊びに来られました。貴ノ花夫妻はわが家に来る車の中で喧嘩したままだったので、二人の機嫌を取る行司役をしました。千代の富士は犬（シェットランドシープドッグ）が怖くて、両手を挙げたまま玄関から入れなかったのがおかしかった。千代の富士はお笑いのテレビばかりをひとりで見てケラケラ笑っていました。僕はもっぱら北の富士親方と話ばかりしていました。

スポーツと芸術は共通することが多いと思います。王（貞治）さんや長嶋（茂雄）さんも、話が尽きることはなかったですね。王さんのお嬢さんが「父がこんなに野球の話をしたのを見るのは初めてです」とおっしゃるのを聞いて一般には知られない王さんを知りました。話が終ることがなかったです。

長嶋さんと一緒に狂言を観た時の話などは実に楽しいというか、面白かったです。そして「野球というスポーツは芸術である」と王さんと長嶋さんを描いた僕のポスターにサインをしてもらいました。

画家と話をするよりアスリートと話をする方が、うんと刺激になります。瀬古利彦さんも面白い方です。僕はマラソン選手になりたかったぐらいです（ウソですが）。西脇工業高校は、全国高校駅伝で8度も優勝しています。そんなわけでマラソンが大好きで、マラソンの夢はよく見ます。夢ではトップグループで走っています。いつかトップを走り優勝間違いないと思った時、ゴールがビルの中で、何階で降りればいいのかを聞き忘れて優勝できませんでした。

ところでオリンピックは予定通り開催されるんですかね。2年前だったか、中国の仙人みたいな老人とコンタクトをしている日本の霊能者がその老人に「オリンピックは？」と聞いたら「無し！」と言ったそうです。延期とか中止になると先ず経済が打撃を受けますよね。と同時にやっぱり怖いのはウイルスですね。セトウチさんは大丈夫です。動かないんですから。僕も動かないで絵を描きます。

でも定期健診でどこも悪くないと医者に言われたんでしょ。医者の言う通りです。では。

うなりつつコロナウイルス研究中 ヨコオさんのため

瀬戸内寂聴

ヨコオさん

お元気ですか？　風邪などで寝ついていませんか？

私は、この手紙を書くため、三時間前から原稿用紙を前にうなっています。なぜなら、今、流行のコロナウイルスについて、病気に格別好かれるヨコオさんのために、もっと知識を得て、ヨコオさんを病気から守りたいというけなげな精神から、目下日本に流行中のコロナウイルスに、深い知識を得なければと、研究中だからです。

「スペインかぜ」ということばが、いつ耳に入ったのか覚えがありませんが、子供の頃から識っていました。ちょうど「かぜ」をひいても、「スペインかぜ」になるぞと、大人から脅かされていたからでしょう。万病の素といわれる「かぜ」の恐ろしさを実際に識った

Setouchi

のは、結婚して北京で暮らした時、夫の中国人の友人で学者の柯さんの奥さんが、日本人で、二人の年頃の娘さんの母になっていました。

柯夫人のつきあうのは、中国人ばかりだったので、日本人の私が近くに来たことを喜ばれ、柯夫人は、私に毎日のように遭いたがり、自分の日本名の藤子さんと呼ばれることを望まれました。

藤子さんは親しくなると間もなく、自分がなぜ中国人と結婚し、身寄りのない中国に暮らしているかを話されました。

「スペインかぜをご存知？　それは沢山の人たちが殺されたのよ。私の恋人で、もうすぐ結婚することになっていた人も、スペインかぜで、あっけなく死んでしまいました。跡を追いたいと嘆き悲しんでいた私を、全身全霊で慰めてくれたのが、中国人の留学生の柯でした。彼の誠実な求愛に、半分やけになっていた私は応じ、身寄りもいない北京へ、嫁いできたのです。夫は、誠実で優しくて、二人産れた娘の、理想の父親でした。今、私はごらんの通り幸せ者です。でも、あのスペインかぜがなかったらと、ふっと思わないことは今でもありませんよ」

夫人の両眼に、みるみるたまった涙のきらめきを、今でも忘れることはありません。

「かぜ」一つでも人間の生涯がいくつも狂わされることがあるのです。お互い気をつけましょうね。

寂庵は、益々美しく華やかな庭になっています。梅は、白、桃、黒と咲き揃い、今朝は待ちかねていた、まんさくがぱっと開き、金色の灯がともったような明るさです。

座敷には、七段のお雛さまが飾られて賑やかです。これを飾りながら、ふっと「これも最期かな」と想いました。

そう想うことはいっこうに昏くはなく、何かしら「安らぎ」さえあるのです。訪ねてくれた人を見送る時も、同じことばを腹の中でつぶやいています。

それにしても、体力はすっかり鈍りました。

五十代のはじめ、比叡山で、二十代の青年たちと一緒に、荒行をしたあの体力は、どこに消えたのでしょう。

さて、「スペインかぜ」の死亡者は、画家ではグスタフ・クリムトやエゴン・シーレ。日本人画家では村山槐多ですって。

お互い、こんなことで、後世に名を残さないようにしたいものですね。

それにしても、早く春が来ないかな、れんげに、たんぽぽ、つくしんぼ！　ワーイ！

Setouchi

機銃掃射 悪夢の一瞬、僕の絵の原点に

横尾忠則

セトウチさん

僕は最近、戦時中のことを回想してそんな絵を何点か描いています。僕の作品の底流にある死のイメージはどうも戦中の恐怖が源流になっているように思います。青く晴れ渡ったきれいな空を想像すると、そこには飛行機雲を引いて飛ぶ銀色の十字架のように見えたB29が幻影のように浮かびます。また僕の絵の夜空が真赤っかなのは山の向こうの神戸や明石の空襲で焼けた空の記憶の反映だと思うのです。空襲で焼けた空を描こうとするのではなく、無意識でそんな光景を描いてしまうのです。絵に力があるとすれば、それは無意識の表現の結果なのかも知れません。

僕の町は幸い空襲からまぬがれましたが、終戦がもう少し遅ければ、米軍の爆撃の標的

になっていたそうです。データが残っていたという話を聞かされました。

小学3年生の終戦の年のことです。運動場に千人ばかりの全校生が集められて朝会が行われていた最中のことです。裏山の頂上からいきなり3機のグラマン戦闘機が物凄い低空で襲って来ました。普通だったら、こんな状況時には空襲警報のサイレンが鳴るはずですが、この日は警報は一切なかったのです。レーダーにキャッチされないために低空飛行でやってきたのです。

先生の「逃げろ！」という声より先に僕達は校舎の中庭に逃げました。僕は中庭の小さいコンクリートの子供がやっともぐれる溝に飛び込んで、両手で目と耳を押さえて眼球が飛び出したり鼓膜が破れるのを防ぎました。3機のグラマン戦闘機は校舎の窓をバリバリと音を立てながら頭上を飛んでいきました。思わず見た飛行機にはパイロットの顔が見えました。パイロットの顔を見た者は何人もいました。

普通なら機銃掃射を受けるところですが、パイロット達も、いきなり山に沿って、ウワーッと谷底に突っ込んだところに子供が千人もいた。きっと予想外の光景に彼等も驚いたのでしょう。機関銃の引き金の手が硬直したまま、子供の頭上を飛び去ったんです。彼等にとっては想定外の光景だったのか、それともヒューマニズムがそうさせたのかはわかりません。僕達は死なないで助かったのです。

あの時の光景は今でも僕の中で何度も反復されます。その時見たパイロットが、ニッコリ笑いながらコカ・コーラを飲んでいる絵を描きました。この絵は反戦のプロパガンダではなく、子供時代の悪夢の一瞬です。こんな一瞬の光景が僕の絵の原点かも知れません。戦争の悪夢が創造のインスピレーションになるのは決して嬉しいことではありませんが、僕の創造の核になっていることは間違いありません。

セトウチさんの戦争体験をぜひ聞かせて下さい。この手紙を書いているアトリエの壁に立てかけている大きい絵も、戦争から発想したものです。どちらかというと映画的な絵です。戦争映画は怖いですが、自分が筆を持つと平気で怖い場面を描いてしまいます。戦争は現実ではなく、幻想であってもらいたいですね。絵の想像力はある意味で残酷です。自分の中の死の恐怖を吐き出すために、こんな絵を描かせるのかも知れません。楽しい夢を見て眠りましょう。

戦争のこと、あまりにも話がありすぎて

瀬戸内寂聴

ヨコオさん

怖い疫病が荒れ狂って日本じゅうがかき廻されています。伝染病ということで、みんなマスクをして右往左往しています。特に老人が狙われるということなので、のんきな私でさえ自粛して、寂庵にとじこもっています。

首相より速く、寂庵はすべての行事（法話や写経）を取りやめています。仏様にお参りにきてコロナウイルスを貰ったなんてことになると、仏教の有難味に傷がつくでしょう。

この新型コロナは、老齢者を好くとやらで、私やヨコオさんのような、れっきとした老人はいっそう気をつけましょう。要するに、どこへも出かけず、誰にも逢わないことが第一です。手を洗えといっても、老人の皮膚は弱いので、そんなに洗ってばかりだと、手の

皮がむけてしまいます。アベ首相（当時）の考えで、学校まで休みにしたので、家庭が混乱しています。

私の産まれる二年ほど前までに世界じゅうにはやったスペイン風邪というのは、子供心にも覚えています。

婚約者がスペイン風邪で死んだので、やけになって、たまたま求婚してくれた中国人の留学生と結婚したという婦人を知っています。

私が結婚して北京で暮らした時、とても親切にしてくれ、中国料理を色々教えてくれました。

昨夜テレビで、観客の全くいない角力（すもう）を見て、がっかりしました。全く「お客さまは神さま」なのですね。

ヨコオさんは、戦争の話をしろと、今度の手紙に書いてこられましたが、戦争のことはあまりにも話がありすぎ、どこから手をつけていいかわかりません。

小学生の時はすでに毎日のように町内の若者が召集され、それを見送るため、町内じゅうの人が、その人の家の前に集まり壮行会をして、バンザイを叫んでいたものでした。その頃は連日、戦地で勝った勝ったということで、町内の人々と、提灯行列をしてねり歩いたものでした。

女学生になると、校門の前には千人針の布を持ったおばさんたちが並び、登校の女学生をつかまえて千人針の赤い縫い玉をしてもらっていたものでした。

戦場の兵士の苦労をしのんで、弁当は梅干しだけの「日の丸弁当」でした。また戦場の兵士の苦労を思いやって、冬でも長い靴下ははかされなく、軍足でした。

これは家庭から文句が出て、大切な兵士を産む娘たちの子宮が冷えて、子供が産まれなくなったらどうすると云われて、学校側があやまるという珍事件もありました。

そのうち学校全体を軍隊になぞらえて、私は総指揮官に命じられ、毎朝全校生徒の前の台の上から号令をかけ、その頃はやった軍歌「勝ってくるぞと勇ましく」のレコードに合わせ、全生徒を校庭で行進させたりしていました。

新聞やラジオの報道（テレビはまだない）では、連日、戦地では勝ったというのみで、国民はそれを疑いもせず、提灯行列などして喜んでいたものです。そうそう、肉弾三勇士の話などが大きく報道され、ほめたたえられていました。

女学校の卒業旅行は、朝鮮、満州旅行で、新京まで行きました。

戦争の話は、まだまだつづきます。

では、またね。

Setouchi

百まで生きることが自業自得とは

横尾忠則

セトウチさん

時間をちょっと過去に巻き戻しますが、以前のお手紙で僕の幼年時代とセトウチさんの身体的境遇がびっくりするほどよく似ています。前に書きましたが、僕もセトウチさんと同じで「この子はよう育たん」と半ば医者に見放されたそうです。偏食だったし、違う所は僕はよくケガをしました。このケガのクセは今も続いています。10年ごとに交通事故が5、6回続いたり、骨折は手の指、両足、肋骨骨折。とにかく痛い目に遭い続けながら絵を描いています。

セトウチさんの断食道場での修行がその後の病を断食によって治された話、いい話を聞きました。確かに過食は病気を誘発させますね。僕も1年間禅寺に参禅していた頃は山のてっぺんの極寒の禅堂でも風邪ひとつ引かず、一汁一菜、坐って半畳、寝て一畳のひもじい生活にもかかわらず、この1年は本当に健康で元気でした。

今は年々、小食になってきていますが、そのことでかえって体調を維持しているように思います。年を取ると身体が自然に老齢に対応するようにコントロールしてくれているように思います。とは言うものの肉とうなぎはなるべく沢山食べるようにしています。

セトウチさんの百まで生きることを自業自得という発想は笑っちゃいます。そ〜ですか、いいことも自業自得ねえ、ハイ、大変勉強になります。僕が絵を描くのが嫌いになったとか、面倒臭いということが、逆に変な絵を描かせてくれるとしたら、これも自業自得と言っていいんですよね。自業自得、因果応報が人生にプラスするという論理、初めて知りました。でも誰もがマネできることではないです。この原理がプラスになるという背景には、欲とか煩悩から解放された自業自得、因果応報ってことですよね。こんな変な言い方はセトウチさんにしか通じません。

早く死にたいという欲望を持っている人はそういません。大半は「死にたくない」という欲望です。そんな欲望の人は逆に早死にします。長生きしたければ、「早く死にたい」とお経のように唱えればいいということです。僕もセトウチさんみたいに「早く死にたい」という欲望まで達していませんが、「面倒臭い」という境地にやっとたどりつきました。

ここから先の「死にたい」という欲望を悟性化するまでには、まだ83歳は鼻たれ小僧で若いということですよね。

城崎温泉に行った時はセトウチさんは83歳です。あの頃は「死にたい」なんて言葉は一度も聞いたことはなかったです。やはり100を目の前にしないと、その境地には達せないということですかね。僕みたいに、もう描きたくない、面倒臭い程度ではまだまだ悟りは遠いでしょうね。

日本中というか世界中がコロナウイルス・パニックになっているのも「死にたくない」論理です。人類はまだ悟りにはほど遠いということです。人間は必ず死にます。人間が生まれてくる目的は死ぬことからどう避けるか、だと思いますが、真の目的は、「死ぬぞォ！」という心構えですかね。これじゃ、まるで武士道ですね。でも昔の人は武士道を生きることが悟りだったのかも知れません。お坊さんもそれに近いですよね。ホナ、仮死状態になって寝ます。オヤスミ、サイナラ。

満九十八…はねまわった昔々がなつかしい

瀬戸内寂聴

ヨコオさん

今年の春は早くて暖かくて、寂庵の桜も早くから咲き揃い満開です。あらゆる行事を新型コロナにかこつけて休みにしたので、この春は、寂庵に人の訪れはなく、ひっそり閑として、終日、まことに静寂です。今年は椿が特に勢いよく、庭は例年になく鮮烈です。もしかしたら極楽の庭って、こんなに静寂で淋しく、気高いのではないかと想像します。あるいは、私はもう極楽に来ているのではないかと、陽当たりのいい縁側で、自分の頰をつねってみました。結構痛かったので、まだコロナ悪魔の跳梁するこの世に生きていることがわかりました。

全く人に逢わず、食べて寝て、本ばかり読んでいるので、まさに極楽の暮しです。

寂庵のスタッフは手をよく洗い、誰かが買ってきた消毒液を丹念につけています。手もろくに洗わず、消毒液をつけたことのないのは、私だけです。

「みんながこれだけ神経質に予防してるのに、庵主さんひとりが手抜きで、コロナに取り付かれたら、大事件ですよ」「そうだ、そうだ」

と、口々に文句を言ってたけれど、そのうち面倒臭くなったのか、誰も文句を言わなくなり、気がつくと、いつの間にかみんな私のだらしなさに服従していました。私の子供の頃は、怖い伝染病は、エキリとチブスでしたよ。それに染ると、必ず死ぬと思い込んでいました。

偏食のため、よく病気になりましたが、ヨコオさんと同じように、子供の頃から女学校の生徒になっても、私はよくけがをしました。

一番自分でも怖かったのは、四歳くらいの夏、誰もいない台所で、板の間にころがっていた水瓜を見つけ、母がそれを切ってくれる時のきりりとした爽快さを思い出し、自分の顔よりずっと大きな水瓜を転がして板の間の端まで持ち出し、包丁立にあった大きな包丁を取り、母がしていたように、水瓜の上を左掌で押え、右掌に握った大きな包丁を勢いよく上から振り下ろしました。水瓜の真上を押えていた私の左手の人さし指に、平たい包丁の刃が落ち、私はギャーッと泣きわめきました。母が飛んできた時、私の小さな人さし指は、真中あたりでブランとちぎれかけていたのです。あわてた母が、そのちぎれかけた指を、エイッとくっつけ、泣きわめく私を抱きあげて医者へ送り込みました。それ以来、私の左の人さし指は真ん中あたりでちょっと曲がっています。今はすっかり忘れていますが、冬など、しくしく痛んだものでした。

学校に上がってからも、金棒から落ちたり、転んでけがしたり、年じゅうけがをして、町内の骨つぎ医者に駆け込むことが多く、その医院の酢の匂いのぷんぷんする薬をつけ、包帯をされていたものです。それでも懲りずに危ないことばかりして、けがをしていました。あと一か月半で満九十八になる私は、庵の中では杖もつかず、歩いていますが、もうけがをするような激しい行動は出来なくなりました。今は老衰のため、動作が鈍くなり、よたよたとしか歩けません。ひたすら転ばないように注意しています。ああ、けがを恐れず、はねまわっていた昔々がなつかしいこと。

ヨコオさんも、けがをしないようにね。では、また。

Setouchi

絵は小説より大変無というより空になり

横尾忠則

セトウチさん

志村けんさんが亡くなった時、志村さんの死がこのコロナ対策を加速させ、緊急事態宣言が出ると思っていましたが、「そんな状況ではない」と菅官房長官（当時）は涼しい顔で否定します。すでに医師会は、すぐ緊急事態宣言を出すべきだと言っているにもかかわらず、時期尚早と安倍政権（当時）も閣僚もピクリとも動きませんでした。

一方、これは一部の人間だと思いたいですが、国民の危機感は欧米のそれに比較すると、恥ずかしいほど低いですね。僕の知人の作家の周辺の若者は「未知の事態に興奮」していると言っています。まるで戦争映画か何かのアクション映画か、フィクションのように興奮の対象としてとらえているようです。観念的で作家的発想ですね。僕は画家ですから、こんな風に形而上的発想はできません。

画家はあくまでも肉体的です。コロナは精神的なものではないです。肉体そのものです。だから、小説や映画のように興奮するフィクションのようにはとらえることはできません。ここが小説家と画家の違いですね。小説家が作品を肉体的にとらえたいなら、絵を描けば、肉体の意味がよくわかります。そして、ウワー大変だ、こんなんだったら小説の方がよっぽど楽だと、きっと思うでしょう。セトウチさんは絵を描いたり、彫像に挑戦されたりしたのでよくおわかりだと思います。

僕も小説を書いたことがありますが、上手い下手は別にして、長いキャリアがあるにもかかわらず、小説より絵の方が百倍も大変だと実感しました。それは肉体的な作業だからです。小説も肉体的ですが、絵の場合は脳をある意味で否定します。ここは小説と違うでしょう。そして指先に脳を移植させます。頭の中を空っぽにして指先に脳を移動させるのです。つまり肉体そのものを脳にしてしまいます。それを僕は肉体の脳化と呼んでいます。小説家は、脳の中を空っぽにしてしまうと、言葉が出てきません。画家は無になるというより空になるのです。

最近、小説家で、肉体、肉体とやかましく言う人がいますが、画家のような肉体を所有することは不可能です。観念としての肉体論です。画家は筆を手にした瞬間から、脳の支配から離れて自由になります。小説家と画家は全く別のものです。比較することもないように思います。三島さんも肉体なんかに興味を持たなければ、肉体をいためたり、破壊などしなくてよかったように思います。文学で絵画はできません。でもこういう三島さんの無いものねだりに挑戦するその精神というか魂こそ未知への挑戦ですかね。僕は文学の素人ですから、三島さんの深淵な創造的な魂のことはよくわかりません。

僕にとっては逆に言葉はよくわかりません。絵は錬金術、呪術、魔術的な怪しい世界の一角に位置しています。僕は小説家ではなく画家でよかったとつくづく思います。でも本心を明かせば画家になる気はなかったのですが、絵を描くのだけは美味しいものを食べたり、遊ぶよりも好きだったのに、運命がなりたくなかったプロに仕向けました。アマで趣味で描くのが一番幸せです。だから、如何にアマ精神を通すかです。セトウチさんも尼(アマ)です。

コロナ禍しぶとく生きのび残る作品を

瀬戸内寂聴

ヨコオさん

またまた、大変な世の中になってきましたね。全く、戦争には、さすがに人間もこりにこりたので、もうすまいと思っていたら、戦争以上に怖いことが生じました。新型コロナウイルスという化け物が現れ、人間世界に住みついたのです。これにかかればあっという間もなく重症に至り、死んでゆく。そんな実例を、人気者で老人から子供たちにまで好かれていた志村けんさんの身の上に見せられ、私はさすがにぞっとしておなかを冷やしました。しかもこの化け物は、高齢者が大好きで、これに取り付かれた高齢者は、みんな死んでゆくとか。三十歳も若く見えても、実は高齢者にまちがいないヨコオさんも、ぞっとしてください。

Setouchi

可哀想に志村さんはまだ七十歳でした（でも、七十歳って、もうれっきとした高齢者よね）。毎晩、多勢をつれて呑み歩いて愉しいにぎやかな日を送っていたという事ですが、なぜか独身でお子さんもいなかったそうですね。まだ自分が死んだということがわからず、どうして今夜はいつもの連中が一人も集まってこないのかなと不審がっているかもしれないですね。

葵祭の日、つまり五月十五日が誕生日の私は、京都に棲みついて以来、誕生日は京都じゅうの人に祝ってもらっているようなにぎやかな気分になっていました。でも今年は、コロナのために、京都もいち早く葵祭の行列はないと決まったようです。来年の誕生日は、あの世で、先に逝ったなつかしい人々とにぎやかにしようと、（あっ）向こうでは死んだ日が誕生日になるのだった。さあ、いつのことやら……つくづく、もうこの世に何のみれんもありません。あの世にたいした期待もありません。棺桶に原稿用紙やペンを入れられるのは断りますが、もし向こうでそれらが買えるなら、やっぱりそれを手に入れて、ものを書くでしょう。また、たちまち、あちらでも百歳近くになることでしょう。

ヨコオさんは、近頃、絵かきの自慢をしたがり、小説より絵の方が大変だとしきりに言います。絵かきは頭の中を空っぽにして、指先に脳を移動させ、その状態を画家は無になるというより空になるのだといわれます。画家は筆を手にした瞬間から、脳の支配を離れ自由になるといわれますね。

ヨコオさん、小説家も書いている途中から、いや、書きはじめた瞬間から、脳の支配を忘れ、無我の境地に恵まれることがあります。すべての時ではないけれど、そんな時が全くないとは言えません。そういう時の作品は、誰がどう評価しようが、本人にとっては上等の作品だと信じます。私はまだ、そう思いこむ自分の作品は書けていません。残された自分の時間に、ぜひぜひ、それに出逢ってからあの世に旅立ちたいと憧れています。

私もヨコオさんもコロナウイルスにはかかりません。私は観音さまが守ってくれているし、私がヨコオさんの無事を祈っているからです。うちの観音さまの御利益の強さは、美輪明宏さんが誓言してくれていますから大安ですよ。こうなればしぶとく生きのびて、誰にもわからない絵や小説を書き残してやりましょう。

もちろんあの世でも仲よくして描き書きつづけましょうね。はい、おやすみ。

もはやコロナ事変フィクションが現実に

横尾忠則

セトウチさん

人間、一生の間に一度は戦争を体験することになっているように思います。だから今の戦後に生まれた人達は戦争を体験しないまま一生を送る人達で幸せです。われわれ第2次世界大戦を経験した人間にとっては、もう残された人生では戦争を体験しないで済むわいと思っていましたが、今のコロナを田原総一朗さんは第3次世界大戦と、またフランスの医師のベルトラン・ギデ氏はわれわれは戦争状態にあり、戦場とも言っています。それが見える敵なら物陰に隠れることもでき、また奇襲攻撃を敵に加えることもできるけれど、その敵は何十万、何百万の透明人間です。

それも突然襲われます。この敵は高齢者と持病を持つ人間を最優先して襲いかかってくるという。戦争で死にそこなって、ヤレヤレと思ったら、寿命も尽きかけているわれわれをターゲットにしているのです。だけど、戦争体験のない若い世代も最近はターゲットになって、高齢者より遥かに感染率が高いといいます。今の若い世代は戦争を体験しない人生を送るのだろうなあ、と思っていたら、このコロナ事変です。米国は国家非常事態宣言と言っています。この用語は平常時に使う言葉じゃないでしょう。戦争用語じゃないですか。フィクションがそのまま現実になってしまったのです。

でもセトウチさん、われわれは寿命で死ぬのかコロナで死ぬのかの瀬戸際にいますが、もうこの年になれば、どっちで死んだっていいよ、という開き直りはあります。でもこの間、104歳の老人が感染したけれど、完治しました。普通じゃ一巻の終わりだけれど、さすが戦争を体験した人です。かつての戦争で免疫力がついていたからコロナを退治できたんだと思います。この老人もセトウチさんもここまで生き続けたということは免疫力のせいです。免疫力がなければこれだけ長生きはできません。

セトウチさんも僕もそうですがとっくに外出自粛をしています。人も訪ねてきません。アトリエは防空壕のようなものです。とかなんとかいって、ジッとしておりましょうよ。そして獄中記を書くように、この往復書簡を書き続けましょう。

今日、セトウチさんから電話をもらって、いつもの元気な声が聴こえて嬉しく思いました。「アッ」とか「ウン」とかのセトウチさんの感嘆符しか聴こえませんでした。セトウチさんは「よう聴こえるわよ」と言っていましたが、耳は聴こえなくてもしゃべれます。「アッ」と「ウン」以外の長い言葉は戦時中の短波放送みたいで、とぎれ、とぎれの単語しかわかりません。あとは波動で感じ、想像するだけです。

今、僕は立って描くほどの大きい絵を描いています。身体を動かすために大きいキャンバスを用意しました。手が痛いので、筆ではなくハケを握りしめて、キャンバスに叩きつけるような、チンパンジーとそう変わらない程度の無茶苦茶な絵を描いています。これも肉体が老朽化してきたおかげでやっと到達した境地です。セトウチさんは「それでも人は上手だと思うよ」（そう聞こえた）とおっしゃった。「ハイ、人は、ついに悟ったか、と勘違いするかも知れません」。まあ、今日はこんなところです。

死んだふり 誰が本気で泣いてくれるか見たい

瀬戸内寂聴

ヨコオさん

スゴイ！　スゴイ！

立って描くほどの大きい絵を描き始めたヨコオさんに乾杯！

筆ではなくハケを握りしめて、全身でキャンバスにとびかかっているヨコオさんを想像しただけで、胸が湧き立ちます。まだまだヨコオさんは若くて、力があふれていますね。

私は、もうさっぱりですよ。締切に追われて、相変わらず、机にしがみついているものの、躰の右半分が痛くて、ペンを持つ指がしびれて、原稿用紙にうまく字が収まりません。考えてみたら、原稿用紙に字を埋めて、食べてきた年月は、七十二年になります。その間、右掌だけを使いつづけたので、今となって躰の右半分に凝りがかたまってしまったのでし

Setouchi

ょう。

眼も右はダメになり、ずっと左眼だけで書き続けています。

そのうち左眼も使えなくなれば、私もヨコオさんのような大きなキャンバスを買って、それに大きな字で文章を書こうと思っています。そうなっても、書くのを止めようと思わないところが厚かましいですね。

仰せの通り、私たち百歳に近い人間は、コロナに襲われないでも、もうすぐ寿命はつきますが、出来れば、コロナの餌食になるより、寿命がつきて、おだやかに死にたいものです。

私は一遍死んだふりして、棺のまわりで誰が、うそ泣きしているか、誰が本気で泣いてくれているのか見定めたい。いつも人の背のかげにいて、ろくに口もきけなかった人が、くしゃくしゃの泣き顔をして、声も押さえきれないで、泣いてくれるのを見たら、自分が死んでしまったことを忘れて、その人に向かって合掌することでしょう。その時にならないと、自分に対する他者の愛情なんてわかる筈がありません。

でも出来れば、あちらへ行っても、ヨコオさんとは仲良くしたいですね。

私はコロナでは死なないと思います。寂庵から一歩も出ないし、人も訪ねて来なくなったし、日ましに青葉が濃くなり、次々、季節の花が咲きつづく浄土さながらの寂庵で、ひつそり、本を読み、ものを書いているのは、最高の病魔よけの生活です。

百年近い年月を生きて、さて、どの時が一番つらかったか、愉しかったかと思い出してみると、北京で終戦を迎えた日のことです。

夫は北京で召集され、どこに行ったかわからない。誕生日のまだ来ない赤ん坊を、十六歳のアマにあずけ、私はやっと見つけた日本人の運送屋に初出勤した日でした。昼すぎ、主人に呼ばれ、ラジオを聞かされ、終戦を知りました。

聞いた途端、私は夢中で店を飛び出し、赤ん坊の処へ駆けつけました。途中、しのつく大雨になり、傍の映画館の軒に雨宿りしました。その五分程の間に、赤ん坊の命が助かったという喜びしかありませんでした。やまない雨の中へ飛び出し、走り続けていました。

その娘も、七十過ぎの未亡人となり、私には女のひ孫が三人もいます。アメリカとタイにすむ彼女たちは英語育ちなので、私は対話が出来ません。

どの子もベッピンで、私の坊主頭を撫でたがります。ヨコオさん、どうやら私は長く生きすぎたようですね。

では、また。

Setouchi

コロナは文明の危機暗示と思えてならない

横尾忠則

セトウチさん

誰も来ないし、どこにも行かないで終日アトリエのソファーに横たわったままで、週刊誌を読んだり、メールを読んだり、メールを出したり、冷蔵庫の扉を開けたり閉めたり、描きかけの絵の前に座ったり、立ったりで、一向に描こうとしません。畳三畳ぐらいの大きさの絵を描いているのですが、以前のようなシッカリした絵ではなく、半ば投げやりの落書きのような絵です。形が定かでない何やらガサガサしたというか、イライラしたような絵です。絵を作るというより壊すような絵です。こんな絵を数点描いてみようかなと思っています。

こーいう絵が描きたくなるというか、描けてしまうのも、コロナのせいと無関係ではないと思います。コロナは未知の体験へ連れ込まれていく不安と恐怖がありますが、そんな心情が絵にも表れているのかも知れません。だとすればコロナは僕の創作にかなり深く関わっているというか関与しています。絵の主題は何でもいいのです。絵がかもし出す雰囲気が出ればいいのです。コロナをテーマにはしていませんが、観る人の中には、コロナ感染の危機感を感じると思う人もいるかも知れません。

僕の場合、環境が絵の雰囲気を作ってくれます。ロサンゼルスの、陽光の強いベニスビーチの近くでアトリエを借りて描いた時などは、日本で描いていた湿気を含んだ空気の影響で梅雨の時期のようなどんよりした絵が、ベニスビーチに来るとガラリと南国的な原色の絵に変わります。今の僕の環境はやはりコロナに汚染されたイライラする病原菌にとり囲まれた空気からなかなか解放されませんので、やっぱり、コロナが絵の画面の中でパーッと拡大したような絵です。でもタイトルは「千年王国」です。ヨハネ黙示録のあとにやってくるかも知れない千年王国のイメージです。

千年王国がやってくる前に、人類はとことん痛めつけられます。それが今かも知れません。「日月神示」によると、子の歳の前後10年が正念場で日本はいったん潰れたようになり、そのあとに甦るのだ、と書かれています。

新しい創造の到来の前には、必ず破壊が伴うということはすでに歴史が証明しています。

もしかしたら、日本は、世界は今、終末時計の刻む音を聴いている真っ最中かも知れませんね。コロナもつきつめて行くと人災ということになるかも知れません。中国では生きた動物が売られていて、それを家で殺して料理するので、そーしたところにコロナの感染の源泉があると聞いたことがあります。するとコロナは自然災害とはいえません。かつてのアトランティスやムーのように文明が極度に繁栄した時にこれらの文明が海中に没したように、コロナも文明の危機を暗示しているように思えてなりません。僕の想像力は妄想かも知れません。妄想であってもらいたいですが、この辺でもう一度、人類の繁栄を目的にした文明に、疑問を持つチャンスかも知れません。自業自得、因果応報という仏教の思想は今こそ出番じゃないでしょうか。千年王国の夢でも見ます。おやすみなさい。

と、ここまで書いて、まだ行数が余ってしまいました。もう一度、おやすみなさいと言って寝ます。

コロナでオムロン立石氏犠牲
痛いような震え

瀬戸内寂聴

ヨコオさん

申し合わせたように、私もヨコオさんと全く同じように、どこにも行かず、誰も来ない、文字通り蟄居の毎日を送っています。

その状態は、図らずとも与えられた理想の環境で、ベッドに転がって、小説ばかり読んでいます。過去の大家の小説など、今更読み返す気もしないので、名も覚えられない新人（と思っているのは九十七歳の私だけで）の小説ばかり読んでいます。たいてい途中で眠ってしまいますが、夢の中まで、その小説の世界が追いかけてくることも、たまにあり、そんな小説を書く人は、たぶん、私が死んだ後に、売れっ子の小説家になるのでしょう。

ヨコオさんは描く度、新しい画想を、授かるようですが、小説はそうもうまくゆきませ

Setouchi

ん。

三十歳前から、書くだけで、七十年も生きてきたことが、不思議といえば不思議なことです。

つい最近も、文芸誌の連載の、小説とも随筆とも云えないものを、八枚書くのに、徹夜してしまいました。近頃、筆が遅くなったのは、書きながら、書いていることとは別な事が、次々想い起されてきて、書いていることと、その想いがごっちゃになって、書いている手が自分のものでないような気がしてくるのです。たぶん、絵描きさんは、こんな時、パーっと、絵具をかえて、塗り変えるのでしょうね。

最近、私は絵描きさんのように、書いている物の上に絵具を塗り付けるように、書き重ねているのです。もう、この年になれば、何をしてもいいだろうと開き直っています。

コロナは老人を好むそうだから、もう二週間ほどで満九十八歳になる私なんか、いい鴨だと思うのに、まだ寄り付く気配もありません。でも、そう言っている明日あたり、ピタッと、全身にコロナが吸い付いているかもしれない。

私の親しい友人の立石義雄氏が、突然コロナで亡くなられました。得体の知れない、掴みようもなかったコロナが、親しい人に取りついて殺してしまったとなると、急に実在感が迫ってきて、全身に痛いような震えがおこりました。

立石義雄さんは、私の親しくしていた市田ヤエさんという京女の娘婿になられたので、私とも親しくなりました。

人、特に男を見るのに天才的な目のあったおヤエさんが、

「絶対、彼は立石電機（現オムロン）の社長になる。そして会社を大きく世界的に飛躍させる」

と予言した通り、四十七歳で、立石電機の三代目の社長になったあとは、会社をオムロンと名づけ、世界的な企業に発展させました。

一見おだやかな紳士で、いつ会っても愛想よく、姑や妻の一友人にすぎない私までも、丁重に扱い、やさしい笑顔をたやしたことはありませんでした。

京都経済界の重鎮になり、なくてはならない指導者になっていました。その人がコロナに取りつかれ、八十歳であっという間に亡くなったのです。知人が犠牲になると、急にコロナの実在が実感され、不気味さが身に沁みます。もう生き過ぎた私が、代わってあげたかったと、つくづく想います。ヨコオさん、気をつけてね。まだ、おとなしく蟄居していてくださいね。

よく食べて、ぐっすり眠ってね。では、また。

Yokoo

98歳の誕生日 僕の年齢から14年とは?

横尾忠則

セトウチさん

今日は質問なんですが、僕は6月で84歳になります。セトウチさんは5月15日で、満98歳ということですね。嫌なことというけど数えで99歳です。丁度「週刊朝日」が出る頃がお誕生日ってことになって、お祝いの花や品が来て、中にはアポなしでいきなり訪ねてくる人もいるかも知れませんが、「せっかく来たのだから」なんて言って会っちゃいけませんよ。「来ると、コロナうつすゾー」と言って脅した方がいいですよ。

今日、僕がお聞きしたいのは、今の僕の84歳の頃の話なんですが、前にも2度ぐらい書きましたが、この僕の年の時に、一緒に城崎温泉に行っているんです。あの時のセトウチさんの容姿はほとんど全部おぼえていますが、スタスタ歩いていましたよね。食欲もあったし、おしゃべりは今と変わりませんし、本当にお元気でした。

同じ84歳でも僕は時々、足がファッと浮いて、どちらかに身体が傾いたり、歩くと、動悸がして、息づかいが、犬みたいになることがあります。また、そんなわけで、コロナと関係なくても遠出はあんまりしたくないですね。あの頃のセトウチさんは、岩手の天台寺に行ったり、東京に来て、デモに参加したり、外国にも行ったりされていたんじゃないですか。今の僕には想像もつきません。

僕はここ10年ほど海外には行っていません。韓国の展覧会を最後に、いっさい日本から離れていません。もしセトウチさんの年まで生きるとしたら、あり得ないことですが、あと14年も生きることになります。へェーって感じです。セトウチさんは過去14年の間にも沢山仕事をして、何冊も本を出したり、法話をしたり、よく動いていましたよね。あの14年はセトウチさんにとって、どのような14年だったと思いますか。

84歳から14年加えるこの時間は僕には想像がつきません。今、死んだら、セトウチさんの14年を経験しないで終わることになるからです。ですから僕にとって未知の時間です。神様が「お前にも14年の寿命を与えることを約束してやろう」なんて言われれば、14年の計画を立てられます。だけど寿命がわからず計画の立てようがないので、ラテン系みたいに、その日暮らしで「へへのんきだね」と生きるしかないのです。

セトウチさんは84歳から98歳までの14年間を「へへのんきだね」と生きられたわけではないですよね。どんな風に生きられました？　僕の知っている範囲では「来年こそは仕事を断って遊ぶわよ」と、嘘ばっかりで、実際は「ああ忙しい、忙しい」ばかりでしたよ。また、90歳になった頃から、「早く死にたいよ」ばっかりが口ぐせです。この往復書簡にも、そんな嘆き節が毎回のように書かれていますが、セトウチさんの死ぬのを待っている人はいません。いるとすれば新聞社が訃報記事を書かなきゃと待っているぐらいですが、それも当てがはずれて、書いた原稿もどっかに置き忘れて、今は誰も思わなくなりました。だから、「私は死なないみたい」と宇野千代さんみたいに言って下さい。僕のエッセイ集に「死なないつもり」という本があります。この本の題名だって、もうひとつ意味がよくわかりません。まあ、結局わからないで生きているんでしょうね。

こうなれば100歳まで生きてやろう!!

瀬戸内寂聴

ヨコオさんへ

まさか98歳の誕生日に、こんな便りを書けるとは、夢にも思いませんでした。早く死にたいと口ぐせのように言いはじめてから、何年になるでしょう。

うちの家族は、両親と姉一人でしたが、みんな早々と死んでいます。母は防空壕から出ないで、自殺したのが51歳でした。父はそれを助けられなかったのを苦に病んで、五十代で跡を追いました。姉はガンで六十過ぎに死にました。

私も家族にならって、そうは長生きすまいと思っていたのに、98歳、数えならば99歳まで生きようとは、夢にも思っていませんでした。

何という因果なことでしょう。数え99歳といえば、白寿のお祝いの歳ですよ。まさかねえ、こんな長寿とは考えたこともなかったです。好き放題なことをして、生きてきたので、この世に思い残すことは一切ありません。歳をとった証拠に、体の節々が痛くなって、気をゆるめると、腰が曲がりかけているので、ドキッとします。

早く死にたいなど口ぐせにしたら、コロナで死ぬかもしれないです。コロナも死ぬ時はとても痛いそうだから（どこが痛いのかな）それで死にたくはありませんね。

今朝から私の98歳の誕生日を忘れないで、お祝いの花や贈り物が、次々運ばれてきて、スタッフは、大忙しです。

私は毎年、いただくばかりで、その送り主のお誕生日を覚えていないことを思うと、ちぢむ思いがします。この一年、生きのびて、何をしてきたかと思うと、寂庵の行事はほとんどお休みで、法話もしていないし、人にも逢っていないし、人のためになることは一切していないようです。

本は、二、三冊出ていても、さほど、自慢になる本でもありません。この歳で、文芸雑誌に連載しているのは珍しいと、感心してくれましたが、新潮と群像の編集者が、相談して、1カ月ごとに交換しようと決めてくれたのを、自分自身は、まだ書けるのにと、不満たらたらなのも、どうかと思われます。

「私は死なないような気がする」

とおっしゃったら、すぐ亡くなった宇野千代さんの例もあるので、真似をして、何時も口癖にそれを繰り返していますが、一向に私には効きません。やはり「真似」はダメなんですかね。

城崎温泉行のことは、私もくっきり覚えています。宿で朝食のあと、「ぜんざい」を要求したヨコオさんの甘いもの好きにびっくりしたことも、その後、朝の散歩に出た通りすがりの店で、また、ぜんざいを食べたヨコオさんに、更にびっくりしたことも、ありありと覚えています。

百年近く生きてきても、決して忘れない想い出というのは、数えられる程しかないものですね。

あれから、二、三度、あの温泉へ行ったのに、さっぱり、その記憶はなくて、ヨコオさんと行った時のことしか想いださないのが不思議です。

そうそう、宝塚へも一緒に行きましたね。その頃、ヨコオさんは宝塚に凝っていて、宝塚の仕事にも積極的だったころで、一緒に行くと、ヨコオ王様の一行のようなもてなしを受けました。

また温泉や宝塚に一緒に行きたいものですね、でも98にもなった今では、ムリかな？

こうなれば１００歳まで生きてやろう!!

公開制作 描くのは小説よりスポーツに似て

横尾忠則

セトウチさん

コロナから離れた話をします。

画家に転向した当時、アトリエがなくって、困っている時、妻が成城のお屋敷を何軒も訪ねまわって、「絵の描けるスペースがあれば貸していただけませんか」と。そしてご主人が亡くなって空室になった部屋を見つけてきました。

その後も、制作場所を探し続けました。美術館やテレビ局やボクシングジムや、多目的ホールなど、なるべく無料で借りられる場所です。無料で貸す代わりに交換条件として公開制作を提案されたのは美術館です。願ったりかなったりの条件ですが、人前で絵を描いたことはない。それでも描くスペースを与えてもらえるなら、恥ずかしいとはいっておれない。そして公開制作はいつの間にか僕の専売特許みたいになってしまった。
その昔、北斎がお寺の境内で大きいダルマの絵を公開制作したことがありました。公開制作第一号は北斎、第二号は、僕ではないかな？　でも今では、僕に倣って、色んなアーティストが公開制作をライブペインティングと名付けてイベント化するようになっています。

環境を変えることで僕の場合は画風が変わります。作風が固定化し始めると僕は今でも公開制作によって、従来の形式を打開するようにしています。生まれつき飽き性の性格なので、自分の作品が固定化し始めると不安になります。常に変化し続けないと安心できないのです。同じような絵がしばらく続くと、公開制作をして、その日から作品の傾向を変えます。

大勢のお客を前にして演じることは、演劇に近い行為ですが、演劇のように予定調和的な台本がありません。瞬間瞬間に去来するインスピレーションに従うやり方です。これはかつて一年間禅寺で参禅して、坐禅をした効用が生きているような気がします。

絵を描く僕の背後には100人、時にはもっと沢山の観客が固唾を呑んで、咳ばらいひとつしないで見守っています。そんな観客の想念が背中に矢のように突き刺さります。そんな観客のエネルギーを全部吸収して画面にぶつけて描くのです。

そして描き始めると、一時間、二時間はアッという間です。観客は、すでに僕の頭の中には絵の構想が出来ていて、それに従って描いていると思っていますが、当の僕は、そんなものは何もないのです。筆の動くまま気の向くままです。いちいち筆を置いて考え始めると、手が止まって、次の筆が動きません。走り出したら、マラソンランナーです。最後まで走り続けるのみです。絵のゴールは、時間が来た時です。未完であっても、終了時間に止めます。

描いている時間は長いのか短いのか、自分でもよくわかりません。もしかしたら時間のないゾーンにはまり込んでいるのかも知れません。公開制作の絵は自分でも驚くほど大胆な絵になっています。早くこの場から逃れたいから、早描きです。普段アトリエでは、考えたりしてゆっくり描きますが公開の現場では頭は空っぽ、肉体感覚そのものです。絵を描いたというより、何かスポーツを行ったような感覚で、終わったらそのままシャワーを浴びたい気分です。絵は小説よりもスポーツに似ていますね。だから絵は肉体的なんですかね。ではお風呂に入って寝ます。

作家も画家も、体と心総動員の労働

瀬戸内寂聴

ヨコオさん

今度の「コロナから離れた話」面白かったですね。あなたが、ある時から、様々な場所で公開で絵を描きはじめ、それを一般人が、その場所に行き、じかに、自分の目で、ヨコオさんが絵を生みだす過程を見ることが出来るという、一種の新鮮なパフォーマンスが起こり、評判になっているのを、私も噂に聞いたり、テレビで、その情景を観たりして知っていました。何をやっても、評判になる人だと、感心もしていました。

いざ、描きだしたら、画家はきっと、自分のまわりに押し寄せた群像が息を呑んで、画家の筆が次には、どこに下されるか、またその筆の先には、どんな絵具がつけられているのか、期待と好奇心に、わくわくしていることを感じるでしょう。画家は、意識していな

Setouchi

いかもしれないけれど、その日、画家の着ている衣服の一つ一つまで、見物の群像は見逃さないことでしょう。

　ましてヨコオさんのように、何を着ても自分流に着こなしてしまうおしゃれさんの、晴れ舞台の衣装のすみずみまで見逃す筈はありません。次の週には、その時の仕事着の色や型が、どこかしら真似られて、町の盛り場を歩いていたりするのです。

　ヨコオさんは、自分のおしゃれも、住み方も、もしかしたら恋愛の仕方も、その時々に衝動的に自分の内部からわき上がってくる要求に応じて見繕っているようです。

　それがまた、何とも似合って、シックなので、若者たちも、いつまでも若者ぶりたがる老人までもが、競って真似したがるのですね。でも、それが、御本人のヨコオさんほど、身に添って似合う人は、めったに居るものではありません。まあ、ほんとの流行の新スタイルというのは、ヨコオさんのように躰の芯から珍奇に造られる人物が、さり気なく、自然一体に産み出すものなのでしょう。

　画家は自分の製作の様子を、人に観られても意に介さない人が多いようですが、作家はよく乱雑この上ない書斎などで、頭をかきむしって原稿用紙に向かっている写真など、写させていたりするけれど、あくまでそれはポーズで、本当に物を創作している真剣場は、人に写させたりはできないと思います。

机帳のかげで、きゃしゃな机に向かって、美しい和服姿の盛装で、ものを書いている写真を撮らせている女流作家など見かけますが、あんな恰好で、小説など書けるわけがありません。五十一歳で出家して以来、私は坊主頭で、作務衣姿で、机に向かう時、これほど物書きの労働者としてふさわしいスタイルはないと、感心しています。小説を書くのは、体力と心力を総動員する、大変な労働です。それは画家も同じことだと思います。

つい先日（五月十五日）、私は満九十八歳の誕生日を迎えました。二十何歳からペン一本で食べてきたので、七十何年余り、書き続けたことになります。さすがにごく最近では、全身のあちこち、いつでも痛く、ヒマさえあれば、ごろりとベッドに寝ころがっています。数えなら九十九歳、白寿ということで、心身の衰えは当然のことでしょう。願わくは、死ぬ瞬間まで意識がはっきりして、別れにかけつけてくれたヨコオさんに、にっこり笑顔をつくったつもりで死んでゆきたいですね。では、おやすみ。

年を取り現世とあの世両方で生きる

横尾忠則

セトウチさん

今日、自宅とアトリエの本と写真などの資料をごそごそ、引っぱり出しながら見ていたら、もう何十年も前に買ったり、集めたりしたものばかりで、本などはいつか読むだろうと思って買ったまま手つかずになった名著や（僕にとっては）宝物ばかりがどっさり出て来て、何十年も味わうことのなかった興奮に酔いしれています。その数が物凄く多く、1日に10冊読んでも残った時間では到底読み終わらないものばかりです。

そんな本を読まないまま放置していたことが大きい罪のように思えてならないのですが、中には、読まなかったが、この本の内容はすでにマスターしてしまっているように思える本もあります。読んだ本、読まなかった本、全てが僕の人生の時を過ごしたものばかりで、永久にこれらの本と共にこれからも生きていきたいと思えてならないのです。こんな未練は女々しいのですが、全てノスタルジーとして、魂に記録、記憶されています。

ですから、これから先のそう長くない人生の中で、できれば一冊ずつでも読んでいきたいと思っています。また、絶対手に入らない外国の画集なども沢山ありますが、いずれ死んだあとには散逸してしまうことでしょう。これらの画集に掲載された作品一点一点に、僕の視線と霊感（インスピレーション）が焼きつけられて、まるでイコンのように化しているはずです。持って死ぬわけにはいきませんが、でも救いはあるのです。それは、現世に存在した全ての物はあちらの世界にも存在しているということです。そして必要に応じて、それがビジョン化するのです。だから手ぶらで着の身着のまま逝っても、もし望めば、想念によって、そのまま現世の記憶も物質化して再現できるのです。

とはいうものの、いったん死んでしまうと、こちらの事物は全て剥製品同様のもので、向こうで、それらをわざわざ見たいとか、所有したいとかいう気持ちは失くなるので、逝く時はいっさいの未練もなく逝けばいいということです。読めなかった本も、向こうで読めるんだから、向こうでの愉しみにすればいいと思います。だけどですね。逝ったら逝ったで、わざわざ現世の剥製化された記憶や思い出に浸ろうなんて気は全く起こらないと思います。現世は現世、向こうは向こうで、はっきり分けなければならないという気持ちが向こうで起こるはずです。

それでもなおかつ現世の何かを引きずって逝った場合は、死にきれてないということになりますね。いわゆる成仏できてないということです。ここまで書いてきて、ふと思いました。今、身の廻りにある物にいちいちノスタルジーや未練を持つ必要がない。こっちにあるものは向こうから見れば、全部剝製です。剝製にしか見えないということです。家族、友人、知人、家、アトリエ、作品もみんな剝製品です。本物が見たければ、向こうにある本物を見ればいいのです。向こうには剝製品はありません。

じゃ、こっちにあるものはそのままにして、誰かに処分されても、どうってことないんです。この考えは、こちらにいる現世的な僕の考えではなく、自分が向こうにいる気持ちになって話しているのです。年を取るとこっちと向こうの両方で生きていくことになりますね。新しい発見です。では。

死とは、永遠の世界に生き返ることかも

瀬戸内寂聴

ヨコオさん

私はついに満98歳になりました。数えでいえば99歳。１００歳に、もう指一本というところです。

きんさん、ぎんさんの、最期の頃の顔を思い出してみても、あの二人は若々しくて、あんまり年寄臭くはなかったですね。

毎朝、起きたらすぐ、ざぶっと風呂に入るので（石鹸で顔を洗ったりはしない）自分の裸は見慣れているせいか、さほど老人らしくなったとも思わないで過ごしていますが、晩年の宇野千代さんのように、素っ裸で、ヴィーナスの生まれてきた姿勢を、鏡に映すほどの勇気は、全くありません。

何人か身内の死体を見てきましたが、美しい死体など一つもありませんでした。ただし、死顔というのはどなたも生前より美しく、清らかなのはどういうわけでしょう。お坊さんや牧師さんに拝んで貰わなくても、死顔は清らかになるようですね。

私はまだ醜い死顔に逢ったことはありません。こんなことを、くどくど書くのは、自分の死がいよいよ近づいてきたと感じるからです。

今度のコロナで、誰にも逢わない日時が与えられたので、このまま、誰にも、お礼もお詫びも言わないまま、死んでゆくのもいいものだなと、思ったことからの発想です。

寂庵の木の門は閉めていても片掌で押せば、すぐ開くような頼りないものですが、今度のコロナの閉門は、見事に人の訪れをこばんだ形で、ひっそり閑としていました。

昔の嵯峨野は、こんな風に、人も獣も通らない閑(のどか)で静かな所だったのでしょう。寺もなく、今のように朝早く托鉢の僧の声などもなかったのでしょう。そのかわり、猪や猿の子が、ころころ道ばたに転がり出ていたことでしょう。私が棲みはじめた四十六年ほど前には、足許に雉の子がうずくまっていたり、畠の奥から猪の子がひょっこりと出てきたりしたものでしたが、今は畠がなくなり、民家がびっしり建って、そんな風情はどこにもなくなりました。

これ以上、嵯峨野の昔ながらの風情が消えてしまわない間に、あの世にさっさと旅立ちたいものです。

もう気の利いた小説も書けそうにありません。あるだけの力は出し尽くした気がします。美味しいものも充分いただきました。ただ、今、死ねば、海老蔵父子の襲名がみられないのが気がかりです。

あの世で果してなつかしい人々に逢えるかどうか？　私はさほど期待していません。誰もまだあの世の映画を見せてくれないので。

行って見なければ、どんな所かわからないのが、真実です。案外、ただ真暗で、何もない処かもしれない。ヨコオさんの想像力の世界では、あの世もくっきり描けているのでしょう。でも、それを見せてほしいとは思いません。あの世のすべてが不問のところが、せめてもの人間に残された夢なのかもしれない。あの世に行っても、ヨコオさんと私は、またずっと仲よくしましょうね。ボケる時はいっしょにボケましょう。人が死ぬというのは、永遠の世界に生き返ることなのかもしれませんね。私が少し早く行って、陽当たりのいい、草のやさしい場所を見つけて、ヨコオさんを待っていますよ。

そうだ。甘いまんじゅうを大皿一杯買っておきます。では、またね。おやすみなさい。

寂

Setouchi

コロナ禍から芸術のポジティブパワーを

横尾忠則

セトウチさん

寂庵浄土は安全地帯ですが、下界はコロナ禍に掻き廻されて、魑魅魍魎状態が先ゆき不明のまま日常を汚染し続けています。この書簡はこんな話をする場でなかったはずですが、つい、ここに引っ張り込まれてしまいます。そこでコロナから逃げていても埒があかないのでコロナと共生するために、1カ月前から、僕の過去の作品に描かれている人物に、「あかんべェと、ベロを出した」僕の60年代に制作したキャラクターを描いたマスクを装着した絵を、美術関係者の友人を中心に、ツイッターで発信し続けています。

そのアートキャンペーンのタイトルを「ウイズ・コロナ（WITH CORONA）」と名づけました。ところが小池百合子東京都知事がこのネーミングをそのまま活用して、僕の作品タイトルとまぎらわしくなっています。「週刊朝日」まで「ｗｉｔｈコロナ」と言い出しています。その「ウイズ・コロナ」キャンペーンは現在ニューヨークの僕の契約ギャラリーやパリの美術館やミラノのアートジャーナリストからも世界発信をしてくれています。２０２０年6月12日現在、約80点の作品が発信されています。セトウチさんのところにもバックナンバーを本日発信しますので、セトウチさんの感想を聞かせて下さい。

展覧会が延期になったり中止になったので、全く別の方法で発信できないかなと考えた結果「ウイズ・コロナ」キャンペーンを発想しました。真正面からコロナ禍を政治的に批判するよりも、作品を通して、いささか嘲笑的に創作する方が、言葉よりインパクトがあるのではないか、と創造が内蔵する笑いとお遊びを味付けしました。セトウチさん的にはチョッとエロティックでもありますよ。

どのような悲劇的な状況の中でもアートは社会に抵抗すると同時に、作家の内面への探求は止めません。フランスでも戦時下、シュルレアリストらが地下に潜って、画家は制作し続けました。プロパガンダ的作品を描いたわけではなく、ダダのピカビアなどは随分エロティックな女性のヌードなどを描いていたのです。谷崎潤一郎さんだって源氏物語を翻訳したり、「細雪」などの小説を書いていましたよね。そのこと自体が反社会的行為で、今想えば政治的行為にみえますよね。ストレートな政治批判よりも逆に強烈なメッセージ性と普遍性が芸術にはあります。

そんな風に考えると、もし無人島に住むなら、何の本をというより、僕はやはり芸術行為を重視してキャンバスと絵具と筆を持って行きます。セトウチさんも原稿用紙とペンを持って行かれるでしょう。創造の中には思想も哲学も何もかもを生み出す表現の力が内蔵されているのです。でも死ぬ時は、こんなもんは持って行く必要がありません。向こうの世界そのものが芸術ですから、手ぶらで行きましょう。

でもこのコロナ禍が色々と生き方、考え方、絵まで変えてくれました。コロナ様々とは言いませんが、コロナとの共生「WITH　CORONA」を味方につけて、コロナのネガティブパワーを芸術のポジティブパワーに変えて、毎日マスクアートを職人になったつもりで描き続け、発信し続けます。今日も送ります。

ヨコオさんの、マスクの人物画から不思議な力

瀬戸内寂聴

ヨコオさん

世の中は、やはり動き、流れてゆきますね。

一体、いつまで、どうなるかと思われたコロナ禍も、次第に力を弱め、世の中が何となく落ち着いてきました。

ヨコオさんの過去に描かれた個性的な人物画に、大きなマスクを着けさせた絵が、世の中にあふれて、急に賑やかな雰囲気が湧き、それを見ただけで、不思議な精力が湧いてきて、

「コロナなんて、何じゃい！　負けるもんか！」

という勢いが波立ってきて、人間の不思議な力が湧き起こりました。

ヨコオさんは、コロナから逃げずに、いっそ、コロナと共生してやろうと考えだし、過去に描かれた御自分の人物画に、大きなマスクをかぶせた絵をつくり、次々ツイッターで、友人関係に送られはじめました。マスクのない其の絵が、そもそも迫力があるのに、それを覆うように大きなマスクで否定した力強さが、強烈で、見たものは、思わず、目を見開いてしまいます。

「こんなの、ダメだよ！　信じちゃいけないよ！」

新しい絵は、過去の絵を否定して、マスクのかげで、大きな美しい声をたてているようです。なまめかしい美人も、世紀の名画の人物も、みんなマスクで、顔半分覆われているので、見る人々は、画面から、バカにされているように思います。

笑っている口元に、大きな舌がダラリととび出して、目がギラギラ光っているのを見ると、それを見ている自分が、絵の人物に心からバカにされているのがわかって、居たたまれない気になるのです。

なるほど、世の中の、移り変わりや、天変地異など、恐れることはないのだ、何千年昔から、こんなことは繰り返してきて、人類は、流されたり、埋められたり、飛ばされたりして、生き続けてきているのだと、今更のように気付くわけなのです。

人間が関わっている事件も、事故も、よく考えれば、過去にあったことの繰り返しです。

何千年たっても、まだ、人の命の確かな行方もわからなければ、どこから来るのかもわかりません。

足が少々長くなったり、乳房が大きくなったりしたところで、人間が生まれるのは、鳥や犬と同じようなことをして、人の命が造られているのです。

つい最近、十三歳で北朝鮮に拉致された横田めぐみさんのお父上の滋さんが亡くなりましたね。二年ほど前から、寝たきりになっていたらしいけれど、ずっとめぐみさんのことを想い続けていたということです。

何が悪いといって、生きた人間を拉致するなんて、ひどいことだと思います。

これほど進歩した世の中になって、こんな原始的なことがまだ行われているなんて、人間はなんという阿呆な動物なのでしょう。残されためぐみさんの母上が、がっくり力を落とさないよう、ひたすら祈るばかりです。

それにしてもヨコオさんの「ＷＩＴＨ　ＣＯＲＯＮＡ」のマスク、うちにも早く送ってください、高くても払うよう、お金の用意はしてますよ!!　スタッフの分も入れて五人分です。

お願いします。

寂

Setouchi

絵描きは、アホにならんと描けまへん

横尾忠則

セトウチさん

如何お過ごしですか。寂庵の園は年中、浄土の花が咲き乱れて、小鳥がギャーギャー囀り、紫の雲が棚引き、天女のストリッパーが舞い降りて、妙なる虹色の楽の音をドンチャカ奏で、お釈迦様のムッチリした太股を膝枕として、夢心地の午睡を湊ちょうちんと共に貪っておられる寂聴尼には、コロナもへったくれもなく、さぞお幸せな永遠の刻(とき)をお戯れのこととお察し申し上げます。

イイナー、セトウチさんは。下界はおっかなびっくりの毎日を戦々恐々と今日もコロナ、明日もコロナとおびえながら寿命の縮む想いで、あと、いくつ寝たらナントカなるのかなと指折り数えながら、これでもか、これでもか、と描けば描くほど下手になる絵をイヤイヤ描いています。もうやること、することも見つからないので、マスクアートを毎日、一文の得にもならないことをアホみたいに描き続けています。できればこのまま一生、マスクアートだけでメシが食えればと思う今日この頃です。頼まれもしないマスクアートなど描いて何になるんや。こんな絵で世の中を変えようと思ったら罰が当たりまっせ、変えたいんやったらプロパガンダアートでないとアキまへん。何んや、そのプロパガンダアートとは？　よー知りまへんけど、芸術で政治がよーやらんことをやって世の中に革命を起こそーという芸術でんねん。へえー、そんなもんでっかー。

蟹工船みたいに働いても働いても、ワテのマスクアートでは食っていけまへん。せやから、プロパガンダアートで早いとこ世の中に革命を起こしてもらうしかない。ワテのマスクアートはプチブルの仕事でっさかいに、趣味の域を出ません。こんな貴族趣味のアートは、金が出るばかりで、入ってくるものは何もありまへん。

セトウチさんは、こんなワテの手紙を読んで、アーアー、とうとうヨコオさんも、あんなマスクアートばかり描いているうちに、ついに強度の認知症にかかってしまって、私より若いのに、可哀そうにと思っておられるんじゃないでしょうか。絵描きは小説家と違って、アホにならないと描けない職業なんです。ピカソも、デュシャンも、キリコも、マン・レイも、ピカビアも、皆んなアホになったから、人類の歴史に残るような芸術を作ったんです。まず、歴史に残るためにはアホにならなきゃいけません。

母の家宗は黒住教で、祖母は神主さんをしていました。ここの教祖の黒住宗忠神は一生かけて、「アホになる修行」をされた方で中里介山の「大菩薩峠」のモデルにもなっておられる。少々の頭ではアホにはなれません。頭デッカチの秀才には無理です。僕程度のアホでさえまだ悟れません。相当、筋金入りのアホにならないとあきません。なんとかセトウチさんとこの往復書簡を交わしている間に、少しでもアホに近づけられればと努力しているのですが、アホになるためには努力は禁物です。コロナは努力してもアカンということを教えているように思いませんか？　コロナ終息のために政治家達は努力をしています。この努力によってコロナを追放するかも知れませんが、悟ることは無理でしょう。ハイ、今日はこの辺で。

マスクアート、ユーモア思い出させる革命

瀬戸内寂聴

ヨコオさん

梅雨で、じめじめした毎日ですね。私は晴れ女なので、雨の日は好きではありません。

「春雨じゃ、濡れて行こう」

なんて、月形半平太が、昔、昔、カッコつけて見栄を切った姿など、ぼんやり思い出しますが、舞台には雨など降っていませんでした。

おっしゃるように、寂庵は雨の日も美しく、この頃は毎日、沙羅の花が咲いては落ちをくりかえし見飽きません。

紫陽花も、植えた覚えもないのに、勝手に花をつけ、雨を物ともせず、開ききっています。

まさに浄土さながらの寂庵の中で、終日、うつらうつらしているのは、もったいない身の上です。

Setouchi

コロナ騒ぎに便乗して、寂庵の行事（法話や写経など）もすべて八月までお休みにしたので、ほんとに今はのんびりしすぎて、脳のしわものびきって、「コロナバカ」になりきっています。

ヨコオさんのおうちが黒住教の教祖の信者ということは、ヨコオさんから聞かされ、現代の黒住教の教主さんにも紹介してもらいましたね。

とてもモダンで粋で魅力的な教主さまでした。ヨコオさんと一緒に二度ほどお目にかかりましたが、覚えてくれているかしら？

ヨコオさんのお婆ちゃまが黒住教の神主さんだったことは、はじめて伺いました。でもきっと、黒住教の神様がヨコオさんの絵の才能を守ってくれているのだろうと、納得がゆきました。

ヨコオさんの異常な才能は、たしかに神がかっていますもの。今度のコロナでヨコオさんはマスクアートをはじめられました。この絵で世の中を変えようとの下心があるなど、思わせぶりに、私たちの往復書簡に書いておられますよ。勿論冗談でしょう。

いや、もしかしたら、案外、そんな下心、いや本音が、ヨコオさんの頭の中には、ひそんでいるのかもしれない。

昔の御自分の描いた絵の人物に、現在、ヨコオさんが発明して自作されたマスクをかぶ

せて、

「あかんべえ！」

をさせ、こんな世の中、否定した意図が、ありありと見えるのです。そのあかんべえ！を見たとたん、見た者の心に、思わず笑いと、小気味よさがこみあげてきて、自分まで、べろを出して、

「あ、か、ん、べ、え！」と、何かに向かって嘲笑したくなります。

そこに、思わぬ快感がもたらされるのです。一種の魔法ですね。

マスクをかけた人物は、みんな、かつてヨコオさんが描いた歴史上の、天才、奇才の、魅力的な男女ばかりです。

そうそう、よそゆきの水兵服を着せられた、五歳くらいの可愛いヨコオ坊やも、顔一杯のマスクをつけられて、

「あ、か、ん、べ、え！」をやっています。

このお仕事は、とても高い値になりすぎ、商いには採算が合わないそうだけれど、暗い人類にユーモアを思い出させる革命をおこしたということで、ノーベル平和賞くらいもらっていいんじゃないかな？

と、不肖寂聴は、考えるのであります。


よい夢を。

目的なき生き方をするため人は生まれてくる

横尾忠則

セトウチさん

日に日に難聴が激しくなって、自分の声まで聴き取れなくなっています。昔みたいにセトウチさんと長電話など過去の話。この前、セトウチさんからかかった電話が相手が誰だかわかりませんでした。また耳に入る言葉が少なくなった頃から、話す言葉と書く言葉の数もうんと減りました。物覚えが悪いとか記憶が喪失したというようなものではなく、世の中の言葉の数が激減したという感じです。空中に言葉が蔓延していて、その一字一句を拾ってしゃべったり、書いていた、その空中の言葉の数がカスカスになってしまっているのです。耳に入る言葉がなくなっていくように、空中に浮いていた言葉がフッ、フッと消えてしまうのです。その消える数が毎日物凄い数です。ですから残った数の言葉だけで話したり書いたりするしかないのです。

まあ、幸い物書きではないので商売にはさしさわりはありません。でも言葉の消滅現象は一方で期待もあります。幼児が少ない語彙で、意志を伝えたりしますが、時には大人も驚くほど、少ない言葉でズバリ本質をつきますね。そうなればいいんですが。大人は語彙が多すぎて、つい理屈ばかりが目立って何が言いたいのかさっぱりわからないことが多いです。言葉が多いことは人間を不幸にしているような気がします。ありったけの言葉を使って何かを語ることで物事を複雑にしています。機械文明が発達したことが人間の繁栄の追求のように思われているように言葉の多発、露出が人間の幸福の追求にどのくらい貢献しているんですかね。

美術も同じような運命をたどっているように思います。僕の中から言葉が毎日何百個も消えていくことが、単に幼児回帰現象だとすれば、それほど不幸だと思いません。多用される言葉の量が物事を複雑にしていることは確かです。と同じように美術もどんどんテクノロジー化され、複雑化して、言葉を多用しなければ理解できないような領域へと向かっています。

現代の美術は複雑な社会構造と一体化しつつあります。美術は本来「反（アンチ）」であるべきです。こんなことを言っていると時代遅れの前衛だと言って相手にされないかも知れません。僕にとって「反」というのは魂への回帰のことです。魂はもともと単純なものので複雑なものではないはずです。

僕にとって言葉が消えたり失ったりすることは、魂の古里、原郷への道ではないかと思っています。なんだか、お坊さんのお経のような仏々いった手紙になってしまいました。絵はどちらかというと言葉のない世界を表現する媒体です。言葉では描けないもの、説明できないものを描く使命というより「遊び」です。

人間は何のために生まれてきたのか。夢を実現するとか、社会に貢献するとか、金持になるとか、有名になるとか、色々目的はあると思いますが、本当は目的のない生き方をするためではないかなと思います。だったら「遊び」しかないですよね。遊ぶために生まれてきたにもかかわらず悩みが多いですね。ここから先きは仏教の世界かな？　上手く話を続けてください。また行数が余ってしまいました。これからの人生も余った人生だと思って、のろのろ無為な時間を遊びましょう。

ナムアミダブツ。

我失くすほど「愛するため」生きる

瀬戸内寂聴

ヨコオさん

九十八歳になった私は、最近、体じゅうがいつも痛く、動きがひどく鈍くなってきました。

五十一歳で出家して坊主頭になり、比叡山の修行道場に入り、自分の息子のような若い新米修行僧と一緒に寝泊まりして、半年間、それはきびしい行をさせられた時、脚の長さが自分の倍もあるような、現代っ子の青年僧に負けまいと、涙ぐましい努力をしたおかげで、私の立居振舞は、見る見るきびきびとして、吾乍ら鮮やかになりました。

何のために自分がこんな苦労をしているかなど、考える暇など全くなくなり、一日があっという間に過ぎてゆきます。

Setouchi

一日にしゃべる自分の言葉は、ほとんどありません。

六カ月の行が終わった時、体重は七キロ痩せて、中年肥りだった私の体は、いともスマートになっていました。私はこの行がすっかり気に入って、もしあの世で、閻魔さんに、

「もう一度、浮世に帰してやろう。どのあたりが望ましいか？」

と聞かれたら、即座に、「比叡山の行院へ」と言うつもりになりました。あれから四十六年過ぎましたが、その答えは今も、変わらないつもりです。

あの時は、このお喋りの私が、終日ほとんど無口で過ごしたのを思い出します。

何でもやっておくことだなあ、と、九十八になった私は、近づいてきた死を前にして、つくづく想っています。

長い人生の終りに、コロナなど、思いもかけない魔物に襲われましたが、これも冥途の土産話になるかと考えています。

さすがにこの四、五年、体じゅう、特に右肩から右腕が痛くてヒイヒイ言っています。原稿用紙八枚でいいのに、ボケが来て、十六枚も徹夜して書いてしまった報いが来たのです。いよいよ、ボケが来たのかもしれない。まあ、九十八歳だもの。ボケたって不思議じゃないですよね。

——人間は何のために生まれてきたのか——

法話をする度、よく話すことです。私が話す前に、質問に必ずというくらい出てくることばです。私はその度、一段と声を張り上げて、

「愛するためです」

と答えています。

愛したら、必ず苦がついてきます。それでも、人間としてこの世に生まれた以上は、誰かを、何かを、自分の我を失くすほど愛してみたら、

「生きてきて、ああよかった！」

とお腹の底からの声が出てくるのではないでしょうか。私は寂庵の法話でよく言います。

「たくさん愛しましょう。そのためには、うんと食べましょう。どうせ食べるなら、美味しいもの、好きなものを食べましょう！」

コロナの到来で、寂庵の月一回の法話もずっと休んでいます。

道場に百五十人ほどがつめこまれ、身動きも出来ないほど人が集まるので、コロナのいる間は、とても出来ません。

私はかくの如く元気です。ヨコオさんも「いやなこと」が一切聞こえなくなった幸いを楽しんでください。


では、では。

エッヘン泉鏡花賞はセトウチさんより前に

横尾忠則

セトウチさん

「週刊朝日」に大昔から連載されている「コンセント抜いたか」の嵐山光三郎さんが、われわれ二人の「ナイショ文」を真っ先に読んでいると「コンセント」の中で書いてらしたのを読みました。嵐山さんがこれも大昔に編集者だった時代にわれわれの担当編集者だったんですよね。そんな話を「コンセント」の中で、事細かく書いていただいて、僕は「ヘエーッ」「アッ、ソーナンダ」と初めて聞くようなふりをして、記憶の皮膚を一枚一枚剝がされていく快感にしばし酔いました。

嵐山さんは、このエッセイの中で僕の書いた「ぶるうらんど」と題した小説に触れて下さっていました。題名の「ぶるうらんど」はセトウチさんに「横文字のタイトルにして、その横文字を平仮名にしなさい」と言われて「ぶるうらんど」というタイトルにしました。実は小説の処女作は、70年代の初めに井上光晴ら監修の文芸誌「辺境」に書いたものです。ある日のこと。「私は小説を書いている井上光晴という者だけど、あなたが書いたお母さんのエッセイみたいなものを２００枚に伸ばして小説にしてくれませんか」「一度書いたものは書けません」「だったらお父さんでいいじゃないですか」。母が駄目なら父があるさ、みたいな目茶苦茶な頼み方でした。いくら断っても、電話を切ってもらえない。電話から逃れるためには引き受けるしかない。そして書きましたわよ。そしたらまた、「二作目も書きなさい」と電話。大きい声で怒鳴られているようで恐ろしくなって、これも引き受けましたわよ。

で後でわかったのは、セトウチさんに話した母の死の話を、井上さんにして、「ヨコオさんに小説を頼みなさい」で始まった話である。あれっ!?　この話、「週刊朝日」で書いたかな?　まあいいや、年を取ると何度でも同じ話をするんだから。その後「文學界」に3本書きました。現在、「ぶるうらんど」と4部作で、中公文庫になっています。そして今も、すでに1年続いている「原郷の森」という小説を「文學界」に連載しています。僕が小説を書くのは倒れそうな絵を立て直すためです。

長々、小説のことを書いてしまいましたが、泉鏡花文学賞はどのくらいの値打ちのあるものか知りませんが、受賞者の大半が芥川賞や直木賞を獲ったプロであることを考えると大した賞でしょうね。嵐山さんは僕の二年前に、そしてセトウチさんは僕の三年後にこの賞を貰っています。セトウチさんより先きに素人の僕が貰ったことが鼻が高くって、セトウチさんの受賞の、お祝いの電話で「おめでとうございます。」でも言っときますけどね、素人の僕の方が先きに頂いているんですよ。ウェッ、ヘッ、ヘッ」と大自慢したものです。でも、どうころんでも作家になるつもりはないので、このくらいの自慢は許して下さい。まあ、「このこ憎らしい奴!」と思われたかも知れません。

でも小説が面白かったのは、構想もないのに、次々と場面が絵のように浮かんでくるので、忘れないうちにどんどんスケッチしていく作業に似ています。そんなわけで、「ぶるうらんど」は一日で書けちゃいました。「ウソ!」じゃないです。

ヨコオさんの文学的才能見抜いたのは私

瀬戸内寂聴

ヨコオさん

今回の手紙は、はからずも「小説」の話になって面白いですね。それに、嵐山光三郎さんが出てきたので、思わず「ヨーッ」と叫んで、おでこを叩いてしまいました。

嵐山さんの名前で書かれた活字の文章は、目につく限り、すべて読んでいます。別に義務があるわけでなく、彼氏の作文は、何を読んでも、断然、面白いからです。第一に、文章がよろしい。内容が気が利いている。必ず途中で笑わされる。すべてが粋である。こんな文章を見逃すのは、よっぽど運が悪いか、アホーな人間である。

仰せの如く、嵐山さんは、物書きになる以前は、雑誌「太陽」の編集長だった。私もヨコオさんも、その頃の嵐山さんが初対面であったようですね。嵐山さんは三十代になっていたのだろうか。粋で、おしゃれで、言動のすべて、気が利いていた。向かい合うと、いつの間にか、自分が常以上のおしゃべりになり、あること、ないこと、面白おかしく喋り廻っている。喋り疲れて口を閉ざすと、間髪を入れず、

「では、その話を、六枚のエッセイにまとめて下さい。締切は××日です」

とか言う。こうして、私はいくつエッセイを「太陽」に書かされたことか。取材の旅に何度一緒に出掛けたことか。

私は内心、この人はきっと作家になるだろう。でなければ、出版社を造って、社長になるかも——と思っていた。

ヨコオさん、私の直感は、かくの如く凄いのよ。ヨコオさんの文学的才能をいち早く認めたのも、私だったことを忘れないで！

井上光晴さんが、いきなり電話をかけて、ヨコオさんにはじめての小説を書かせたのも、私が井上さんに、

「天才がいるよ。若いけれどホンモノよ、あなたの雑誌〝辺境〟に彼の最初の小説を貰いなさい。歴史的事件になるよ！」

とわめいて、井上さんが何の紹介も持たず、いきなり、あなたにあの大声で電話をかけた次第だったのです。

私は昔から、天才が好きで、天才に憧れていました。未来の天才の若きヨコオ青年の身内にひそむ天才の本質を、すでに私は、見抜いていたというわけです。(もっと、尊敬しろ！)泉鏡花賞に至っては、ヨコオさんの偏見と誤解をどう解くかになやんでしまう。あのね、聞えない耳に補聴器をつけて、よっく聞いて！　私は泉鏡花賞が、一九七三年に鏡花の故郷の金沢市に出来た時から、「選者の一人」でしたのよ。

金沢市長のお嬢さんと結婚した五木寛之さんが涙ぐましい努力をして、鏡花賞なるものを立ち上げたのですよ。正賞は八稜鏡というもので、副賞は百万円でしたね。思い出した？

私は選者を十五年くらいつとめてやめさせて貰いました。その時の挨拶に、

「選者は、この賞を貰えないので、選者を辞めて、この賞を必ず貰います」

と言いました。冗談が本当になって、やがてこの賞を貰いました。ハイ、ココオさんより、ずっと、ずっと、後年からです。鏡花も、金沢も、五木夫妻も、とてもいい！　もちろん鏡花賞も!!

おやすみ

Setouchi

夢のごときセトウチさん延命作戦あり

横尾忠則

セトウチさん

長生きされているセトウチさんにさらに延命してもらおうと頭をひねりました。身体をチューブでぐるぐる巻きの延命装置ではありません。今の小説家を引退して、画家宣言をするのです。小説家で長生きしたってせいぜい野上弥生子さんの99歳じゃないですか。画家は小倉遊亀さんの105歳を筆頭に片岡球子さんは103歳、ぞろりといます。美術家篠田桃紅さんは現役で107歳ですよ。びっくりでしょう。

なぜ画家が長生きかというと、小説家と違ってストレスがないのです。人間は頭を使い過ぎて短命になったのです。もう小説家としてのセトウチさんはやること全部やって来られました。今度は小説のエネルギーを絵に向けて下さい。絵は宇宙のエネルギーを点滴にしていますから、頭を使わなくっても、お筆先になるだけで、どんどん描けちゃうんです。宇宙がお手伝いしますが、頭主導の人には宇宙は介在したくても、介在できないのです。

セトウチさんが画家宣言すると、肉体がガラリとメタモルフォーゼ（変身）して、見違えるほど元気になります。肩や腰は筆一本が治してくれます。そして天からミューズ神（美神）が舞い降りてきます。小説のように、ややこしいこと考えなくていいのです。肉体そのものが脳化するのです。そして指先の筆に脳が宿るんです。どうです、小説より面白そうでしょう。

セトウチさんの長寿はセトウチさんの努力の結果ですが、画家に転向すると、努力をするのはミューズ神です。ミューズ神にセトウチさんは身体を預けてしまうだけでいいのです。ミューズ神のお筆先になればいいのです。すると宇宙に遍在する創造エネルギーが降臨して、宇宙が描きたい絵を人間セトウチさんを道具として描くことになります。余計な頭を使ったり努力する必要はないのです。すべて神と運命におまかせするのです。それが絵では可能なんです。

セトウチさんは、すでに絵の魅力と醍醐味をご自分の経験からご存知のはずです。絵を本業にすると、また、たまに小説が書きたくなるかも知れませんが、その時は趣味で書いて下さい。

絵の方も趣味でいいです。趣味にすることで、先ず野心も競争心も欲望などの自我が入り込まないだけに純粋で透明になります。根っ子だけの花や、木彫仏像には透明な美しさがありました。髪の毛も透明ですが、透明過ぎて幽霊みたいでした。まあ幽霊画も悪くないです。円山じゃなく瀬戸内応挙も悪くないですね。応挙みたいに上手くなくていいです。下手な小説は駄目ですが、絵は下手な方が魅力的であるという場合があります。岡本太郎は下手に描こうとして、頭で考えたので妙な色気が出てしまって変におかしい絵になりました。下手も上手も考えないでセトウチさんなら描けます。仏教の中道でやってみて下さい。

そしていきなり油絵を描いて下さい。油絵は上手に描こうとしても下手に描けます。アンリ・ルッソーのような絵が描けます。70歳を過ぎてから油絵を始めた、アメリカの素人のモーゼスお婆ちゃんは、アメリカの国民画家になりました。日本のモーゼスお婆ちゃんになって下さい。そして何より延命します。だいぶ、その気になってきましたでしょう。いい夢を。

最期は絵描きに…浮かぶ、あの世の好き暮し

瀬戸内寂聴

ヨコオさん

今回のお手紙は、私に延命させようとの、あれこれの御注意一杯でした。ありがとうございます。でも、私は只今、数え九十九歳になっていて、長生きはあんまり性に合わないことを実感しているところです。

一九二二年、大正十一年五月十五日生れの私は、日本共産党と誕生が一緒でした。また偶然、生涯の大方を京都に棲んでみたら、五月十五日は、京都では葵祭の当日でした。古都の優雅な祭と一緒に、自分の誕生日が毎年祝われるなんて、ずいぶん得しています。

あちこちに棲みましたが、結局一番長い歳月を棲んだ京都で、私は間もなく死んでゆくのでしょう。

今から絵描きになるようにすすめて下さいましたが、ちょっと遅すぎはしませんか？実は、ヨコオさんにすすめられるまでもなく、私は人生の最期に絵描きになりたくて、ひそかにその絵を頭の中で何度も描いて楽しんできました。それがいつ描いてみても、必ず、あの世での私の暮しの一部なのです。きっと、ヨコオさんのあの世の小説を読み過ぎたせいで、そんな現象がおこるのでしょう。あの世では、私は相変らず小説家で、毎日毎晩小説を書いている。でも締切りというのがなくて、のんびりしています。つまり書いたものを買ってくれる出版社というのが、あの世には無いようです。

小説が売れなくても、のんびり食べていかれるようなので、この世よりずっと好さそうです。もちろん、税務署なんか無いみたいです。

ここまで書いただけでも、あの世の方が好さそうですね。もちろん、コロナなんていやな病気など無いでしょう。戦争も、地震も大水も無いでしょうね。すると、退屈かしら？人間は、どこまで悪いことをするかわからないので、神さまだか、悪魔だかが、時々、ヘンな病気をはやらすのでしょう。

岡本太郎さんの名前が、今度のお手紙には出てきてなつかしかったです。

太郎さんが絵を描く時、私はそばで何度か見ています。ほら、あの家の玄関を入ったすぐ左側に太郎さんのアトリエの入口がありました。あんまり客はそこを知らないようでした。私は太郎さんに気に入られて、一緒に棲もう、俺の秘書になれと、二階に私の部屋まで造ってくれたそうですが、私は断りつづけ、その部屋を覗いたこともありませんでした。太郎さんが、認知症になった晩年、太郎さんの絶好の秘書で、実質的妻君だった敏子さんまでもが、

「もう私ひとりで先生を守りきれない。頼むからセトウチさん、一緒に先生をみて！」

と泣いて言われましたが、私は断り通しました。それは今になっても、間違ってなかったと思います。

玄関脇のアトリエで絵を描く太郎さんを何度も見ましたが、いつも敏子さんがその壁際に腰かけていて、

「センセ！　そこ黄色！　そこ、紫！」

と色まで指定していました。二人は今頃、あの世でも仲よく、同じ階に坐っていることでしょう。

で、私はまだ死ねない様子です。真実、飽き、うんざりしてきましたよ、この世！

では、また

文学者と画家の間に横たわるものは？

横尾忠則

セトウチさん

二〇二〇年の七月も間もなく終わろうとしていますが、東京は毎日雨が続いています。アトリエは窓を開けたまま暖房をつけています。ここ数カ月の間、来客もなく、外出もしません。昼食はスタッフにテイクアウトしてもらうか、出前で、お店に出掛けることもしません。コロナ対策の優等生の見本のようなストイックな生活をしていますが、自粛は昔からの習慣なので、ストレスになるというようなことは全くありません。むしろ今の隠遁生活が結構気に入っています。

ほとんどアトリエで無為な生活を送っています。アトリエの壁には描き上がった絵と、白いキャンバスが並んでいます。描かなきゃ、という義務もないので、プレッシャーもないです。若い頃のような意欲も野心もなく、何んとなく面倒臭いなと、できれば描きたくないなと思っています。こんな怠け気分もなかなかいいもんです。絵は結構、肉体労働なので、動くのがシンドイのです。じゃ、本でも読むのか、といわれても、書評のために月に2冊読むだけです。これとてお仕事なので、面白いとか、楽しいとかはいっさいないです。でも、面白くないこともやってみるのは、嫌なものを絵にすることと似ていて、絵の巾を広げるためには悪いとは思いません。

子供の頃から、本の虫になったことは一度もなく、大人になってからは、いつか読むだろうと思ってか、何かの不満解消のためか、やたらと本を買いまくるだけで、買った日の夜にベッドの中で1、2頁ペラペラとめくって、あとはツンドクだけで、家の中は本で狭くなる一方です。読書家というよりも買書家です。ただ画集だけはよく見ます。画集は僕にとっては旅行をしているようなものです。絵の中をあちこち旅をするのです。本は自分に代って人が語ってくれるもので、身体を通した体験にはなりません。わかったと言っても、人の言葉を暗記しているだけです。画集は自分で物語や論理をどんどん作っていきますから、クリエイティブです。絵は言葉で語れないものを絵で語る作業です。言葉で語れるような絵を描くなら、文章を書けばいいわけです。それを言葉ではなく、身体と感性に伝えられないかなと思って絵を描いているのです。

だからでしょうかね、本を読みたいと思わないのは。ピカソも、本はあまり読まなかったようです。フェデリコ・フェリーニは45歳まで本を読まなかったけれど、万巻の書を集めたような物凄い視覚的な映画を作りました。僕の場合は絵を描く時は頭からあらゆる観念を排除して、極力、子供の遊びの世界に、没入するようにしています。そして、できれば寒山拾得のようなアホの魂と一体化してみたいと思います。

絵と文学は比較するものではなく、全く別のものだと思います。川端康成さんも文学は観念、絵画は肉体とはっきり区別しています。ですから画家が観念を志向したり、文学者が肉体を求めるのはおかしいのです。にもかかわらず文学者と画家の交流は昔から濃密です。20世紀の初頭、ヨーロッパでは文学者と画家は悪口ばかりいいながらお互いに作品を向上させてきました。この両者の間に横たわるのは一体何んなんでしょうね。

今日はこんな話になりました。

数え九十九歳で絵描きになります！

瀬戸内寂聴

ヨコオさん
ワーイ！　ワーイ！

やっちゃったぁ！　やっちゃったぁ！

何を？　って、大変動ですよ。

ヨコオさんより何十年も遅いけれど、生活の革命ですよ。

御年数え九十九歳で、小説家瀬戸内寂聴がペンを捨てて、絵筆を買いこんだのですぞ!!

ホント、ホント、とうとうアタマに来たかと心配しないで！

何十年も以前に、ヨコオさんだって、やっちゃったことだもの。何十年も経って、その真似をするなんて、カッコ悪いけれど、そんなこと言ってらんない。ヨコオさんは、とう

Setouchi

に経験してるから、解ってくれるでしょうけれど、こんな革命は、ある日、突如として起こるものなのね。

つらつらと考えれば、突如をかもしだす空気は、その前からムクムクしていたけれど、大変革が怖くて、グズグズしていたのは、外ならぬ本人次第なのです。

何かを変えるということは、恐ろしいことで、決行には只ならぬ勇気が必要です。

結婚すること、子を産むこと、離婚すること、或は子の親と死に別れること。

女の生涯には、捨てておいても、様々な大変革が生じます。

私は結婚し、子供を産み、自らその平安な生活を破り、只ならぬ人生を選び、ついに髪まで落として、百歳一歩手前まで、生き延びてきました。

散々、苦労をしたとは、他人の評することで、自分自身では、苦労を苦労と感じるゆとりさえなく。いつも無我夢中で、一日を必死に泳いできました。

気がついたら目の前に百歳の壁がそびえていた。何度か、死ぬかもしれない手術をしては、死なずに、生きつづけました。あとは只、死ぬ時を待つばかり。突然、どうせ、死ぬなら、もう一度、変わった生き方をしてみたいと、切実に思ったのです。

それで、小説家から絵描きになってみようかと思ったのです。念ずれば、応えてくれる何かがあって、たちまち、若いハンサムの画家が降ったように現れ、私の年甲斐もない夢を察するなり、その翌日、油絵の材料をぴたっとそろえて買ってきてくれました。その画家の名前は中島健太さん。

ヨコオさん、只今、私の寝室は、彼の届けてくれた油絵の絵の具で隙間もなくなりました。

彼はヨコオさんの隠し子かしらと思うほど、気が利く絵描きです。私の肖像画を描いてくれ、それを仏間に置きましたら、お詣りの人が、大方留守の私に逢えたように思って、手を合わせてくれ帰っていきます。もちろん、その絵の私は、実物よりずっと美人で、賢そうな表情。

九十九歳から、私も画家になる。おそれ多いので、まさかヨコオさんの弟子にしてくれなどとは言いませんが、私たちが仲良し老親友だと知っている人たちは、

「ついに、寂聴さんが、ヨコオさんの弟子にしてもらえたんだね！」

「いや、あれは勝手に寂聴さんが、弟子みたいな顔をしているだけだよ」

とか、もめている様子。はて、さて、どのような絵が生まれましょうか。若いハンサムの絵描きが買ってきてくれた絵の具を解き、白いキャンバスを並べ、いよいよ処女作に取りかかろうとして、ひとまず、大先輩に、ご挨拶を申し上げました。

では、また。

Setouchi

〝絵の年長者〟より愛を込めて♡

横尾忠則

セトウチさん

この往復書簡の前々回で、僕が「小説の筆を捨てて画家宣言して下さい」と言った時、セトウチさんは「間もなく死んでゆくのでしょう。今から絵描きになるようにすすめて下さいましたが、ちょっと遅すぎはしませんか？」とすすめたことが遅いと、おっしゃいましたが、突然、女学生みたいに「ワーイ！　ワーイ！　やっちゃったぁ！」とは一体何が起こったんですか。

「小説家瀬戸内寂聴がペンを捨てて、絵筆を買いこんだ」ことが大変動だとはしゃいでおられますが、こんなこと位、大変動でも大革命でもレボリューションでもなんでもないです。

僕が前々回で口がすっぱくなるほど絵を勧めても全く反応がなかったのに、この躁状態は訳わかりませんね。絵を描くのに、そんなに大騒ぎしなくていいです。黙って静かに人知れず、描く方が格好いいです。まあ、セトウチさんのことだから、静かにはできないかも知れませんが。

どこからか「若いハンサムの絵描き」を連れてこられて、そのハシャギ振りが透視できます。ハッハッハッハ。先生まで用意しちゃったんですか？　今さら、言っても無駄かと思いますが、絵は教わるものではないのです。絵は技術ではなく99歳の心と魂で描くものです。教わるということは、いい絵を描こうとする欲がチラホラ見えます。意欲はいいとしても、99歳のセトウチさんにはいい絵を描こうという気持は逆にストレスを生みます。岡本太郎さんの「下手でいい、美しくあっちゃいけない」でいいのです。教わることは慣習に従うということです。絵は慣習をぶっ壊すことです。反対の生き方はしない方がいいと思いますよ。セトウチさんは慣習を否定してきた人でしょう。慣習などに従わずに、生きてこられました。下手で、素朴で、純粋で、無垢で、無心で描くべきです。教わるということは、それらを全部拒否することになります。

セトウチさんは、この年だからこそ描ける無手勝流でいいのです。僕も美術の専門学校へは行かないで独学で描いてきました。絵を描くことは頭から雑音を排除することです。

「教え」は雑音です。プロになる画家は、この雑音と闘うのです。今のセトウチさんは無菌状態です。そのままでいいのです。雑音はコロナです。セトウチさんが現在、僕が画家に転向した45歳位だったら、雑音もいいでしょう。

でも今の年では雑音は頭も身体も拘束します。やっていいこととやっちゃいけないことの分別が邪魔をするのです。誰にも教わらない、今の素のままの状態こそ、セトウチさんの才能であり、宝物です。他のことなら教わってもいいでしょうが、絵は他のものとは別の存在です。でも、素人のおばさん達に「ウワー、先生、きれい、本物みたい」と言われたいのなら、どうぞ先生について教わって下さい。先生は期待に応えてくれるでしょう。僕はセトウチさんの手が描くのではなく、心と魂が描く絵が見たいのです。まあ、セトウチさんの人生ですから、お好きなことを目指して下さいと言うべきだったかも知れません。84歳の若造が何をエラソーなことを言うか、と思われるかも知れませんが、絵に関してはセトウチさんより、年長者です。往復書簡50回を祝して、さらなる愛を込めて♥

ヨコオ画伯うならす
どんな絵描くか！

瀬戸内寂聴

ヨコオさん

月日のたつ速さ！　この往復手紙が早くも50回ですって？　近頃よく、「ヨコオさんとの手紙読んでますよ」とか、「週刊朝日ね。まずアレから読みます」など、声をかけられます。

50回記念の今度など、どこかから、花やお菓子でも贈ってくれるかも！

「さもしい空想をするな！　見苦しい！」

とヨコオさんの怒声が飛んできそう、ワア！　こわ！

私、ヨコオさんを見そこなっていた。ヨコオさんはれっきとした天下の天才なのに、とても優しくて、心根が穏健で、他人に怖い顔など見せたり、きつい言葉を浴びせたり絶対しない御仁だと信じこんでいたのです。半世紀もつきあって、かつて一度も、あなたから、きつい声をかけられたり、きびしい人への非難など聞いたことがなかったからです。人間に対してどころか、あなたの博愛は地球の森羅万象にまで及んでいました。

あれは、あなたが、若い京都の友人の仕事場に、時々泊まりに来て仕事をしていた時、その仕事場が当時、私が棲んでいた桂川沿いのマンションの別棟にありましたね。ある朝、まだ夜があけたばかりの頃、私の六階の部屋の窓の下から「セトウチさあん！」と声がして、ヨコオさんが、はるか地上から私を呼んでいたのです。すぐ降りて行くと、

「まだUFO見たことがないといってたから、見せてあげる。ボクが呼ぶと、いつだってどこだってUFOは出るんだから」

とのたまう。それから嵐山のどこやらを登りわけいり、二時間近くさまよいましたね。でも一向にUFOはお出ましにならない。その時、ヨコオさんがつぶやきました。

「ヘンだな！　こんなに呼んでも出ないのは、風邪か下痢で病気なんだね、可哀そうに！じゃあ、帰ろう！」

と帰ってきたのです。その時、私はヨコオさんを、何て優しい男性だろうと、つくづく感じ入ったことを忘れません。あなたの博愛は、人間以外の森羅万象までに隈なく及んでいるのでした。その優しい権化の人が、50回記念の往復書簡に、何と冷たい悪口雑言を書

いてくれたのですか！　私があなたのおすすめもあって、絵をはじめたのをハシャギすぎだとののしって、絵具や絵筆を用意してくれた若い絵描きさんをお師匠さんにしたように決めこみ、私の浮かれようをたしなめてくれています。有難いと感謝すべきですが、ＵＦＯにさえあんなに優しい想いやりを見せたヨコオさんとは、同一人物とも思えないイジワルです。

あんまり腹に据えかねたので、絵の道具には、まだ一切手を触れていません。ハンサム絵描きさんは、超美女の奥さんと、一度のぞいてくれましたが、呆れて帰ってゆきました。私はまだ封をきらない絵具を睨んでは、ヨコオ画伯をうならすどんな絵を描いてやろうかと、瞑想ばかりしています。天下の天才ヨコオさんをうならせるタマシイの描く絵を、想い描いて、真白のキャンバスを眺めている毎日でございます。

梅雨も明けました。ちわげんかもやめましょう。

この手紙、１００回になったら本にしましょうね。それまで、私の命が持つかな？

ではでは。

セトウチさんの油彩第一号、楽しみ！

横尾忠則

セトウチさん

ああ、これでやっと面白い絵が描けますね。点でも線でも、○でも△でも□でも、そのまま、セトウチさんの本能が表れます。絵は文章のように誤魔化せません。

まあ、それとは別に、あんな面白い手紙、あとにも先きにも生まれて初めて、呵々大笑しました。ああ、面白かった。そう、セトウチさんがおっしゃる通り、僕のことを見そこなっておられたんです。セトウチさんの前では猫かぶりはしていませんが、普段の僕は猫のようにしたいこと、やりたいことの我がまま放題です。セトウチさんはそんな僕に直面していらっしゃらないので、〈心根が穏健で、他人に怖い顔など見せたり、きつい言葉を浴びせたり絶対しない御仁〉（そんな人いません）に見えていただけで、僕を見そこなっておられたんです。

ＵＦＯに対する博愛に比べてセトウチさんには「悪口雑言」ってところは何度読んでも、なんでこんなことで怒ってらっしゃるのか、そんなセトウチさんを想像して、ころげて笑いました。

ところで、あのハンサム画伯はどうなったんですか。小説家の気まぐれに呆れて帰ってしまったそうですが、画家も小説家も「気まぐれ」は美徳です。本物の画家ならここからが勝負です。画家はその内部にデモーニッシュも狂気も秘めていなきゃいけません。セトウチさんの気まぐれに腰が砕けちゃったんですかね。そのセトウチさんの見せられた気まぐれは、見たかったですね。

じゃ、いよいよ、独立、独歩、独学、独断、独身で画境一筋に邁進して下さい。先ず、画材屋さんに来てもらって、ペインティング・オイル（水彩でいう水です）と、油彩用筆洗油、パレットは紙製が便利、それから筆数本、あとは空缶とか、筆拭きの雑布、実に簡単です。画材屋さんは、初心者だと思うとあれこれ売りつけますが、他に買う物はありません。直ぐ描いて下さい。ゴッホみたいに、直接絵具をキャンバスに塗りたくってもいいし、パレットの上で絵具を混ぜて、好みの色を作る、ここまでは今までの水彩画のやり方と変りません。

但し、水彩のように思うようには描けません。最初はモタつきますが、そのモタつきが面白い効果を上げます。文章のように思い通りにはいきません。油絵の魅力は思い通りにいかないところです。自分はもっと上手いはずだと思っていても、そうは問屋が卸しません。地獄の底に突き落とされたかと思いますが、この地獄を見なければ、自分の絵が描けません。だけど地獄には地獄、天国には天国の絵があります。天国と地獄の中間の煉獄で「助けてくれ」と叫びながら描く快感を味わって下さい。

セトウチさんの油彩画第一号はぜひ見たいものですね。この前にも言いましたが、先生に教わると、形通りの万人向きの絵になって、「あらお上手!」と言われるだけで、そんなもんは絵じゃないのです。絵は工芸とは違います。技術も必要ないです。下手な方が魅力的です。先ずご自分の審美眼を捨てて下さい。「そんなことわかっているよ」とまた、エラ振ってなんて思わないで下さいね。出来たらメールで送って下さい。待ってます。僕の楽しみがひとつ増えました。どうぞ始めて下さい。

私も自分の絵見たいけど暑くて…

瀬戸内寂聴

ヨコオさん

暑いですね。毎日京都は三十八度とか九度ですよ。九十八年生きてきて、こんなムチャクチャな暑さは、かつて記憶にありません。

温暖な阿波は徳島生まれ、育ちの私は、常にいい気候に恵まれていて、四季はそれぞれに楽しんでいました。

四季の中でも、特に徳島の夏が、好きでした。何しろ、夏は阿波踊りがあります。私の子供の頃は、今のように全国的に阿波踊りが普及していなくて、他県からわざわざ見物に来る客もなければ、県でも、それを迎える見物席を造ったりはしていません。

旧盆の八月が近づくと、どの家からも三味線の音がしています。三味線のない家などありませんでした。たいていおばあさんか、若い嫁さんがそれを弾くと、合せて笛を吹くじいさんや聟がいたものです。

家の中で踊れない人間などありませんでした。

子供たちは三歳くらいから見様見真似で覚えました。

町内では黙っていても、楽隊係りが出来、踊り手は家族すべてでした。

私も三つ四つから踊っていました。出家してからも、八月の十二日前には、徳島へ帰り、寂聴連の人々を集めて、その先頭に衣の袖をひるがえして踊りました。

さすがに、九十五歳くらいからは無理になり、踊れないどころか、徳島へ一人で行くことも不可能になりました。

二〇二〇年は、コロナのせいで、阿波踊りもなければ、寂庵の目と鼻の近くの嵯峨の火祭りもありません。

阿波踊りには、ヨコオさんと、平野啓一郎さんが一緒に来てくれましたね。

急遽、二人に男踊りを伝授して、寂聴連に入ってもらい、華々しく踊りました。

大きな案内の放送の声が、ヨコオさんと平野さんの踊っていることを告げました。見物席から、ワッと声と拍手が湧きました。

お二人の何とも云えない下手な踊りが、見物の目をどっと楽しませ、拍手と声援は益々高まりました。

お二人とも、ご自分の踊り姿は見えないので、お相手の踊りの下手さを、さもおかしそうに笑っているのが、とてもコッケイでした。あれも楽しい想い出です。

コロナのおかげで、まるで戦争中のように陰気な夏でしたね。のんきな私も、暑さと陰気さにまいって、毎日ぼうっとして、何一つ手につきません。あんなに張りきっていた油絵を描くことも、支度ばかり賑やかにして、まだ筆をとる気が一向におきません。

老人が毎日、暑さにやられて、たくさん死んでゆく数が、報告されています。

九十八年も生きてきて、こんな夏はかつてなかったなと思いながら、氷をかじっている毎日です。

コロナの恐怖は益々強くなって、人々は家にとじこめられ、うめいているばかり。ヨコオさんのおっしゃる下手な自分の油絵の処女作を早く私自身も見たいものです。

気ばかりあせって何も出来ないのが真正老人になった証拠かもしれませんね。

次には、もっと景気のいい話を書きたいものです。ではまた。

Setouchi

健康生活には脱「メンドー臭い」

横尾忠則

セトウチさん

京都の夏の暑さは格別ですね。一度祇園祭の見物に行ってまいっちゃいました。冬の寒さよりは、初夏生まれのせいか、夏の暑さは、かなり平気のはずです。子供の頃、夏休み中は宿題などほっぽり出して、一日中、小川で魚獲りか、川で泳いでいました。黒ん坊大会では、皆んなで競い合ったものです。そんななごりが抜けず、インドやスペインで40度以上の灼熱の太陽の下で、現地の人間のように真黒になるのが嬉しくって。

ところが、ここ数年、毎年のように熱中症になっています。昔と違って真夏はほとんど炎天下に出ることはないのに、屋内でも熱中症になります。美術館でもなりました。作品に熱中したせいですかね。病院でも点滴を受けるほど重症になったこともあります。

最初に熱中症になったのはバリ島でした。まだ熱中症という言葉のない頃ですから、日射病だと思っていましたが、今思えばあれが熱中症の始まりだったんですよね。僕は熱中症によく似た症状で、過呼吸にもなります。2019年も総合病院で手の指のレントゲン撮影中に倒れました。病院側は夏場なので、てっきり熱中症と決めつけて、車輪付タンカに乗せられて院内の廊下を走りまくって、内科で熱中症の治療を受けましたが、僕の自己診断では、レントゲンのストレスによる過呼吸だと思いました。やはり病院の誤診でした。

こーいうことはよくあります。石和温泉の旅館で山菜を食べたら、舌がしびれたので、救急車で隣町の病院まで連れて行かれて、そこで脳のMRI検査をされました。「脳じゃない、違う！」と叫んでも、温泉街から救急車で運ばれる患者は、大抵、脳梗塞と決めつけるのです。断ればいいのに、メンドー臭いのでマ、いいか。「山菜で舌がしびれている！」と言っても、脳梗塞の症状だ、と言ってきかない田舎の総合病院での誤診による災難でした。旅館に帰った頃は、食べ始めたばかりのお膳がすっかり片づけられていました。

セトウチさんに紹介されたマッサージ師は暴利をむさぼるし、インチキ尼さんから、セトウチさんが手に入れた膏薬でヤケド状態で、これも災難。病気は医師にまかせるのではなく、患者がちゃんと状況説明をして、両者でコラボレーションして初めて、的確な治療が可能になるということを色んな体験で学ばされました。ここまで書いたところで、まだまだ、怪しい治療があったことを思い出しましたが、今日はこの辺で。

まあ、結論からいいますと、病気にならない生き方をすることですね。どの病気も考えてみると、病気になる原因は全部自分で作っています。僕の場合、ケガと病気が多いのは、どうも自分のメンドー臭さが原因になっていることが多いです。寒いけど厚着はメンドー臭い。糖分の摂り過ぎをセーブするのがメンドー臭い。風呂の湯がぬるいけれど熱くするのがメンドー臭い。散歩もメンドー臭い。爪を切るのがメンドー臭くてケガをする。

こんな性格を直すと、かなり健康な生活ができるはずです。身体に対して充分なケアを、メンドー臭いという理由でおこたっていたからです。今からでも遅くないので、この性格を直します。今日はこれで。

氷菓追憶…アイスクリンの味に目閉じた

瀬戸内寂聴

ヨコオさん

まあ、このしつこい暑さ！　九十八年生きてきて、こんな暑い夏は記憶にもありません。ヨコオさんと同じく、初夏は五月十五日生れの私は、夏には強い方でしたが（と、思いこんでいたのでした）こんな暑さには手のほどこしようもなく、悲鳴のあげ通しです。

徳島は夏めいてくると、いち早く、氷屋ののれんが軒の下にひるがえり、一銭からでもかき氷を売ってくれました。何年使っているのか、私が産まれてすぐ覚えたのが、この通りの向う側の小さな何でも屋で、冬は焼き芋の匂いが早や早やとこの軒から通りへ流れだし、夏はどこよりも早く、氷と染め抜いた赤いのれんが、軒先にひらめくのでした。

何でも新しい家具に目のない母は、いち早く、氷かきの機械も買い入れていましたが、それを使って、氷をかく時間の思の外のかかりすぎに、何でも誰かさんに似て「メンドー臭」がりの母は、たちまちカンシャクをおこして、お金をかせいで、それで氷をかいたものを買う方を選びました。従って子供の私は、家の台所で、氷をかく楽しさをたちまち失い、母にねだった一銭を握って、通りの向いの赤い氷ののれんのひるがえっている駄菓子屋に駈けてゆくのでした。サクサク涼しい音をたてて白い氷が冷い鉢に盛られると、赤や黄の色をつけてもらって、氷の山がとんがったガラス皿を胸に抱きこんだ時のしあわせさ！

夏はかき氷が食べられるから最高だと思っていた私は、ある年から突然、アイスクリンという新種の冷いものがあらわれて、たちまちそのハイカラな味に魅了されてしまいました。小さな屋台をひいて、中年の男が、

「アイスクリーン！　アイスクリーン！」

と、がらがら声をあげながら歩いてきます。

その声に子供たちがわれがちに駈け寄ると、三銭か五銭で、屋台の壺の中のアイスクリンをかき出してくれるのでした。そのハイカラな甘さの言いようのない美味しさに、子供たちは、みんな目を閉じて、うっとりと頬笑んでしまいます。世の中の夏に、こんな美味しいものがあるなんて！

もう誰もアイスクリンとはいわなくなり、アイスクリームが通り名になった時、大人になった私は、はじめて外国旅行をし、イタリアにたどりつきました。その町の広場の人だまりの中から、突然、中年の男の声で、

「アイスクリーン！　アイスクリーン！」

という声が聞こえました。なつかしさの余り、人ごみをかきわけてその声に近づくと、一台の荷台を前に、男が客を呼んでいたのでした。私はそこではじめて、子供の頃覚えたアイスクリンは、イタリア語では正しく、アイスクリームより早くこの世に生れた氷菓子の名前だったのだと識りました。

苺汁をかけた赤いかき氷や、アイスクリンの甘いハイカラな味が、今更のようになつかしいです。毎日、コロナに脅え、この暑いのに大きなマスクをして、顔をかくし、親しい人たちにも逢えなくなった我々は、ふっと、子供の頃のなつかしいかき氷の赤いのれんや、アイスクリンの屋台の呼び声に、涙を誘われるのではないでしょうか。一緒にアイスクリンなめたいね！

セトウチさんの絵、年齢性別国籍不明！

横尾忠則

セトウチさん

早速、セトウチさんの新作の画像が届きました。パッ、と見に、黙っていると何歳の子の絵だろう？　と思ってしまいますが、セトウチさん98歳の絵です。ワレモコウ？　花の名前ですか？　緑と紫の2色で描かれた具象とも抽象ともとれるシンプルなモダンアートです。この絵はセトウチさんに期待していた、素朴、無垢、粋心がそのまま表れた実に気持ちのいい、きわめてさわやかな絵です。何んとなくユーモラスでリズミカルで、音楽的です。未完のような状態で完成させたところは達人的です。背景の白地が手抜き的ですが、そこが文人画風で、ゴテゴテしていないところが知的です。ワレモコウとかいう植物の茎と花か実かの区別のつかない点々の配置が計算されているのか、いないのか。画面下中央に茂った茎の所に紫の斑点が、ワーッとかたまって重なっているところが、花火のように画面いっぱいにパッ、と散った部分と中々いいコントラストです。

それにしても、このような年齢性別、国籍不明の絵が描けるセトウチさんのメンタルに先ず心が惹かれます。描けそーで描けない絵です。描いても、恥ずかしいと言って、人に中々見せないものですが、セトウチさんはこうして、写真を撮って堂々と送って下さるその無垢な無邪気さが、見る者の感動を呼ぶのです。

あんまり誉め過ぎると、オベンチャラばっかり言うて、と叱られそーです。さて、この絵をもっと魅力的にするためには背景の白バックに色を加えると、もっと素晴らしい絵になります。すでに描いている緑の線と紫の点々に色が重ならないように避けて塗って下さい。色がまだらになってもかまいません。細い筆ですでに描かれた緑の線と紫に色がかぶらないように、かぶったとしたら、あとで修正すればいいのです。その修正箇所がまた味になるのです。細い筆と中ぐらいの筆2本、または3本で白地を好きな色で埋めて下さい。すると深みのある奥行のある絵になります。そして完成したら、堂々と横文字のサインを入れて下さい。年代日付が入ってもいいです。

そして、すぐ次回作に取りかかって下さい。絵は何点か出来たら、並べて見て下さい。そしてスタッフに批評させると、勝手なこと言いますが、その批評が次の作品を産みます。

何点もできると、そこに自然に物語が生まれます。そうして生まれた物語を短篇にすれば一挙両得です。

ここまで書いた時に、セトウチさんとマナホ君のツーショット写真が届きました。2人して同じ絵を描いているのは双児のロッテですね。セトウチさんもマナホ君も外面は元気です。マナホ君の内面（絵）も元気。背景に黄色の点々、装飾的でファッショナブル。こうして比べるとセトウチさんの内面は優しいです。セトウチさんも絵描き仲間ができて、励みになりますね。セザンヌとピサロは師弟関係で2人でよく同じ絵を描いていました。そんなことをふと思い出しました。

そこへ再び第二弾の絵の写真が届きました。一段と進化しています。荒々しい大胆なタッチ。これでいいのです。周囲の塗り残しなんて、コシャクなと言いたい。

次回を楽しみにしています。

イッヒッヒ！秘めたる夢は遺作展

瀬戸内寂聴

ヨコオさん
何と暑い夏の終わりでしょう。昔、昔、私は「夏の終り」という題の小説を書いて、小説家の名乗りをあげました。あれは幾歳の時だったかしら？　調べてみたら、何と五十八年も昔のことでした。つまりほぼ六十年間も、私はペン一本にすがって生きてきたことになります。

大方、一世紀も書き続けて、さすがにくたびれはてました。

ヨコオさんのおすすめで、最近、油絵を描きはじめて、気分が少し若返ってきました。

毎日、秘書のまなほが、帰りぎわに、

「明日も絵を描きましょうね！」

Setouchi

と、気合をかけて帰ってゆくので、ついその気になって、そうだ、明日は何を描こうかと、胸が少しときめいてくるのです。

これまで水彩画は、寂庵で絵の先生を迎えて、しばらく描く会をつづけたので、私も参加して、たのしみましたが、油絵は一度も描いたことがなかったのです。

今度は、はじめから油絵と決め込んで、ヨコオさんに相談したら、「先生につくな」ということでした。何もかも手さぐりではじめて、よろよろでした。

昔、昔、ヨコオさんと知りあった最初の頃、うちに見えたヨコオさんに、私のスケッチブックを見せたら、突然、ヨコオさんが大声をあげて笑いだし、しばらくその笑いがとまりませんでしたね。

涙までためた目をふきながら、

「どうしたら、こんな絵が描けるのだろう」

と、怪物でも見るように、私の顔をつくづく見つめました。

あれ以来、私はヨコオさんには生涯、自分の絵なんか見せまいと、心に誓ったのに、年と共に忘れっぽくなって、死の近づいた九十八歳にもなって、ヨコオさんに改めて押しかけ弟子入りをしてしまったのです。

抜け目のない秘書のまなほまで、いつの間にか、私のコブのようにくっついて、私の絵に必ず、自分の絵をくっつけてヨコオさんに画像を送っています。

これが思いの外に愉しくて、原稿用紙に字を埋めるより、気が晴々するのです。

ヨコオさんは、内心どう思っているのか、今のところ、適当におだててくれて、私のせっかく芽生えた絵心を伸ばしてくれようと、気をつかってくれているようですね。

今は、それがただただ嬉しくて、毎晩眠る寸前は、明日描く絵のことをあれこれ想って、心豊かになって眠ります。

本当に、人間っておかしなものですね。

コロナで、いつ、殺されるかわからないという危機なのに、一世紀も生きのびた婆さんになってからも、新しい趣味に挑戦するなんて、不可思議な化物ですね。

ホントは、死ぬまでに絵がたまったら、死後、遺作展を開いてみようかな？　なんて、大それたことを秘かに夢見ているのですよ。

まあ、呆れたババアだ！　イッヒッヒ！

でも、死ぬ前に、あれをやってあんな失敗したという後悔よりも、あれをやらなかったのがつくづく惜しいという後悔が、残る方が、口惜しいと思うのです。

だから、今からでも、何でもやり残さずに、まめにあれこれやってしまいましょう。

では　またね

絵描くセトウチさん、当分死ねませんよ

横尾忠則

セトウチさん

いやー、場面転換が早いですね。何んだかグダグダ言ってらしたので、絵から心が離れたのかな？　と思ったら、水面下で、遺作展まで考えてらっしゃる、そののめり込みは凄まじいですね。たった2点描いただけで、遺作展の発想とは。どうもセトウチさんは事を大袈裟にすることで意欲的になられるところはパフォーマンサーですね。セトウチさんの長寿の秘密はここにあるんですかね。三島由紀夫さんにもこういうところがあります。俳優の資質ですかね。人に注目される場面設定をして、自己変革をしていく……。

僕にもそういうところがありますが、僕の場合はクモに似ていて網を張って、獲物がひっかかるのを待つタイプです。網に獲物がひっかかって初めて、行動を起こします。どち

らかというと成り行きにまかせる運命論者ですが、セトウチさんや三島さんは自分の意志に従って運命を切り拓いていくタイプですね。

運命にまかせるということは予測不可能を基本的に肯定する必要があります。だけど三島さんは、そんなアプレゲール的な危っかしいことはしません。全て論理的に計算された生き方でしょ。手帖に予定の行動がびっしり記されていて、時計みたいに正確に計画を遂行していきます。死に方までリハーサルする人ですからね。麻酔もしないで自分の意志で自分の身体にメスを入れて外科手術しちゃうんだから、本当に完璧主義者です。

セトウチさんは、衝動的で気が多いところは三島さんと正反対で、コロコロ変ります。女心と秋の空です。そして天気予報の才能があります。遺作展というのが予報です。実際に天に向って印を結んで「エイ」と叫んで雨を晴に変えてしまう不思議というか変な術を使って運命を切り拓いていっちゃいます。遺作展だって、どっかでけつまずいて思い通りに描けないと、突然、「ヤメ！」と言いそうです。周囲の人達は気をつけていないと振り廻されます。

僕も気がよく変りますが、僕の場合は僕が変えるのではなく、運命自体が変るので、僕はそれに従うだけで、僕に責任はありません。それとセトウチさんの長寿の秘密は好きなことをするだけではなく、本質的に我がままです。その我がままが長寿を約束するのです。

我がままとは我れのままで自然体のことです。もう、こんなに長生きしたら恥ずかしいとか、何んとか言いながら、結構、我れのままを通しておられるので、そうは簡単に死ねません。

それと、セトウチさんのもうひとつの才能は、あまり考えないところです。頭のいい人は考えに溺れます。三島さんは考え過ぎて死にました。セトウチさんの長寿の秘密のもうひとつはここにあります。セトウチさんがバタンQで眠っちゃうのはあれこれ考えをこねくりまわさないからです。そして今度は絵を描きます。また長生きしてしまいます。なぜなら絵は考えちゃ描けないからです。考えないで、知性を超えます。

あーアア、また死が遠ざかりました。どうしても死にたくなられたら、絵を止めれば、パタンQと死ねます。尊厳死です。でも最早、絵の悪魔にとりつかれてしまっておられるので、当分、死ねません。諦めて下さい。ではまた来週。

気短な私が、秘書たちと絵に熱中

瀬戸内寂聴

ヨコオさん

気短で浮気っぽい私が、まだ絵に熱中していて、いつでも描けるように、キャンバスや絵具を、部屋の中央にひろげています。

私にならって、秘書のまなほも、その妹のますみも、私より情熱的に絵筆を探っています。ふたりとも、なかなか絵の才能があるみたいです。でもうっかりほめたら、私よりいい気持になり、本来の仕事なんかすっかり忘れて、自分の絵に熱中するので、私はつとめて無視した様子をしていますが、平静な気分ではありません。二人とも私より上手な気がするからです。

超おしゃべりな三女が、絵を描いている間だけは、口もきかず、部屋はひっそりとしています。誰が一番うまいかと見れば、わが絵もふくめて小学生並みというところでしょう。

でも、今度気がついたのですが、文章を書くより絵の方がわかり易くて観る方も楽ですね。絵は一目見た瞬間、好きか嫌いか、自分の感覚が動きますので、観る者の観賞感覚によって、その場で、その絵の魅力度が決まります。具体的な絵ばかり描いてきた我々の祖先たちの前に、突然、シュールな絵が現れた時の愕きはどうだったのでしょう。人物の絵にしたって、写楽の首が現れた時の浮世絵の世界のびっくり仰天さは想像しても愉しくなります。写楽は、私と同じ徳島の出だそうです。

私は小説家になりたかった若い頃、ひそかに写楽を小説で描こうとして、なけなしのお金で資料の本を集めていました。そこへ小田仁二郎が現れて、私の下宿の部屋に来るなり、みかん箱をつみ重ねた本棚の写楽の資料に目をとめ、貸してくれと、すっかり家に持って帰りました。

そして生まれたのが小田仁二郎の「写楽」です。

「触手」という前衛的な小説で、世に認められた小田仁二郎は、その後、人々の期待にそうような作品は書けずにくすぶっていました。新潮社の名物編集長の齋藤十一氏が、私たちの同人誌に書かれた「写楽」に目をつけ、全く仕事のなかった小田仁二郎に仕事を与えました。

それが何とまあ、週刊新潮の連載小説で時代物という条件でした。断るだろうと私は思っていましたが、彼はそれを引き受けました。一人娘が、大学へ行く年頃になっていたのです。それまで無収入の彼の家庭は、夫人のミシンの内職で、どうにかつないできていました。

週刊誌の小説の原稿料は、想像を絶する莫大なものでした。

一度その路を歩きだせば、帰ることができません。

およそ性に合わない時代物小説に連日うなされながら、彼の地獄の日がつづきました。

私に小説を書くすべを教えてくれた恩人の彼との仲を破ったのは私でした。

彼に逢わなければ、私は小説家になれていなかったと思います。

彼の娘は父と同じ大学を出て、雑誌社に勤め、有能な記者になりました。私の連載エッセイの記事を毎月取りに来るようになりました。

彼とわかれたあとも、彼女は表情を変えず、私の原稿を取り続けに来ていました。

彼は舌ガンで死にました。一切の本や原稿は、いつの間にかすべて焼き捨てられていたそうです。

ヨコオさん、今日は思いかけない話になりましたね。

では、また。

Setouchi

絵も小説も、業によって作品生まれる

横尾忠則

セトウチさん

実は今日五十五回目の手紙を入稿したばかりですが、五十四回目のセトウチさんの手紙が抱腹絶倒、本当に面白かったので、新たにその返事を先きに書くことにしました。

寂庵は絵画塾みたいになって、部外者（失礼）までがセトウチさんの創作空間を浸蝕し始めて、何んだかコンフューズを起こし始めている様子ですね。秘書姉妹の存在がセトウチさんのペースを崩し始めているように映ります。しかもセトウチさんより、「上手い」ということになると許せませんよね。ウワッハッハッハッハッ。「絵を描くより、本来の持ち場の仕事をしっかりせえ！」と言って追い出すと、セトウチさんが困る。困りましたね。

話は飛びますが、そんなこと（昔の話）があったんですか、写楽の小説を構想して、その資料を集めたものをゴッソリ小田仁二郎が持ち帰って、自分が「写楽」を書いた！　いくらセトウチさんの元彼だとしても許せない。秘書姉妹も許せないけれど、片やプロ作家ですからね。貧乏人の小説家が「写楽」で莫大な原稿料は稼ぐ。イライラしますね。だけど自分に合わない小説を書いているために、地獄の責め苦にあいましたか。

話はそこで終りません。元彼の娘はその後有能な女性編集者となって、セトウチさんの担当記者になる。絵に描いたようなというか、小説のようなお話ですね。私小説が何本も書けるように、セトウチさんの運命の女神が、小説家瀬戸内寂聴をどんどん導いてくれています。

そして今度は画家。画家宣言と同時にライバルも出現。それが「上手い！」とは気が休まりませんね。これも小説になりますね。小説は小説家の業によって作品が生まれますが、絵とて業とは無縁ではないですよ。ピカソを始め世紀の天才は、それなりに業を背負っていますが、画家は一晩寝たら翌朝はケロッと忘れていますので、小説家に比べれば軽いもんです。なぜ軽いかといいますと、画家は全て創造も業も深刻に考えないで遊びに変えてしまいます。セトウチさんも二姉妹がシャクにさわるほど上手い絵を描いても、絶対誉めないで、くさしまくればいいんです。二人が上手い絵を描けば、パクればいいんです。ピカソも画学生の絵をよくパクッて、相手をイライラさせました。だからピカソが来ると、皆んな絵を隠しました。ピカソは画学生の稚拙さをパクったんですがね。セトウチさんは彼女らの上手さをパクればいいんです。なんだかもめそうですね。

でも秘書だから、そこはアメとムチですね。でも本当の戯れは、自分と戯れることなんですが、そんな美しいことは言っておれません。相手の自信を如何になくさせるか、という方法を考えて下さい。でも、彼女達はへこたれそうにないですね。愛を憎しみに変えて遊んで下さい。第三者的には、大変面白い話です。と言ってチャカすと、今度はセトウチさんに叱られる。セトウチさんとマナホ君達の間で今度は僕が悩むことになります。セトウチさんの講話を聴いた人は、なんてヤな友達（僕のこと）を持っているんですかと、言われそうです。芸術は厳しい世界です。と同時に破壊的なパワーを秘めています。問題が起こりそうです。さて、どうなるんでしょう？

では。

寂庵は仏教塾でなく絵画塾に

瀬戸内寂聴

ヨコオさん

おおせの如く、寂庵は今や仏教塾ではなく、絵画塾になっています。あらゆる部屋に、何かしら、絵の道具がちらかり、出来損ないのアトリエまがいです。寂庵のすべての行事はコロナでお休みなので、寂庵の中が、そんなに変っているとは、誰も想像も出来ないでしょう。

それにしても油絵は水彩画より、はるかに面倒くさい。とにかく絵具がまだ使いこなせません。

でも、気に入らなければ、その上に絵具をベタベタ塗りつければいいのは、とても便利です。

水彩の絵具で描くと、日がたつにつれ色が変ってくるのは不都合です。よく行く川端のみや「松」の亡くなった主人が、いつか私の描いた水彩の「あざみ」の絵を持ち帰り、私が行く日には、私のいつも腰かける席に近い壁に、その絵をかけてありました。私の行かない日は、宮内庁のおえらいさんの色紙がかけてありました。

20年ほど前、東京から時々絵描きの女の先生が来庵して、寂庵は月一回、絵画塾になりました。毎回塾生でいっぱいになり、その先生は、絵具は三色に白しか使わず、草や花の絵は根から上に向かって描くという方法です。一年もたたないで、展覧会を開くほどになり、みんな自分の絵を買い占めるので、後片付けは楽でした。「松」の壁の「あざみ」は、その頃の作品です。と書くと、まるで私に絵の才能があるようですが、自覚している自分の無才能は音楽が第一です。

姉は三味線もオルガンも、ピアノも、ちょっと音が出ましたが、私は琴を習わされましたが、さっぱりダメでした。盲目の美しいお師匠さんが、とても可愛がってくれましたが、才能というのは、無いものは努力したってのびようがありません。それでも、お師匠さんの膝に乗っかって、人力車で、どこかの公会堂で一度だけお琴の会に出かけたことを覚えています。

お嫁に行くとき、母が花嫁の荷物に、お琴を入れてしまったので、向こうの家で弾いてみろと言われ、切腹したくなったのを覚えています。夫は古代中国音楽史の研究家をめざす学者の卵で、ずっと中国の北京で留学生の暮らしを続けていたので、私は未来の学者の妻になることを夢見て北京へ喜んで嫁いだのでした。すべては夢でした。二十一歳の花嫁、何と可愛らしかったことでしょう。

二〇二〇年の夏で終戦七十五年とか。まあ、色々様々な経験をさせてもらいました。

そして九十八歳にもなって、子供のように無心に絵を描いているこの生活。感謝しないと、バチが当たります。五十一歳で、何やら決然と頭をまるめ、出家してしまいましたが、その件では、後悔したことは露もありません。

あの世があるかないか、悟りにうとい私には、まだ確たる答えが出来ません。

ただ法話では、

「今は死人も多くなったので渡し舟などでは間にあわない。豪華客船でみんな一緒に、向こうへ渡ろうよ。あちらの岸では、先に死んだ人たちが待っていてくれ、その晩は歓迎パーティよ。シャンパンも出るよ！」

と言って、みんなを喜ばせています。

では、また。

Yokoo

人が死んだらどうなるかお考え聞かせて

横尾忠則

セトウチさん

今回は少し絵から離れて、人間死んだらどうなるか？　というセトウチさんの死生観をお聞きしたいと思います。セトウチさんは死んだら誰でも極楽へ行く、そして救われると講話でおっしゃっていますが、その根拠は何んでしょうか？　お釈迦さんはそのことに関してはノーコメントで語りませんでしたね。

大半の知識人や文学者はことごとく死後生を否定します。セトウチさんと往復書簡を交わされた石原慎太郎さんは「天国も地獄も来世もない、死はただただ虚無として存在しているだけだ」とおっしゃっています。死後の存在の有無は生き方に大きく関わってきます。多分、無いんじゃないかな、いや有ると思う、漠然として、これじゃ生き方が定まりにくいですよね。

では、僕の考えを述べます。結論を先きに言いますと、死ぬと無ではない。生の延長とはいわないまでも、生の変形で存在すると思っています。人間の生のスタートが誕生であれば全員が平等なはずですが、どう考えても平等ではなく不平等でスタートします。ということは誕生以前、つまり前世を想定することで、今生の不平等が肯定できます。今生のスタートが平等であれば、前世の存在などは必要ないわけです。今生の存在の仕方は過去世の行いと考えによって業が定められます。と考えると、今生で積んだ業と、すでに解消された過去世の業の取引によって、来世が決定されます。

来世のスタンバイ期間が死の世界ということになります。そして、その魂は来世へ転生していくというのが、僕の輪廻転生論です。と考えると、今生の生き方が重要になってきます。つまり今生の業のおつりによって来世への行く場所が定まります。そこで生まれ変るか、それとも不退転として永久に生まれ変らないかが決まります。

不退転者は現世のしがらみがいっさいない魂の居住地、いわゆる涅槃という極楽に行きます。セトウチさんのおっしゃる極楽とは根本的に異る、完成された魂のみが安住する場所ですから、死んだら誰もが行ける場所ではないです。完全な解脱者のみが行く場所ですから、競争率は何百倍、何千倍、何万倍だと思います。

でも仏教では「人間は死んだら極楽に行く」と確かに言います。ある意味では当っていますが、数え切れない転生を繰り返した先きの先きの未来の話をしているのです。そんな幻想みたいな話をするよりは、「今」をちゃんと生きなさいとお釈迦様は言いたかったので、あえて死後生をノーコメントにしたんだと思います。孔子もそうですが、彼等は当然悟りを得ていたので知らないはずがありません。「そんなことを考えるな」と諭す方が正しいはずです。

死後生を否定する考えの中には、現在の自らのあり方を問われるのが怖い、という観念がある。エンマ大王がいるわけではない。自分自身が自分のエンマ大王になるのだから、こんな恐しいことはない。だから無と言ってしまいたいんじゃないでしょうか。そのくせ、お葬式の弔辞では、そっちで酒でも酌み交わそうと、インテリほど調子のいいウソをつきます。そこでセトウチさんの誰の話でもない独自の死生観も聞かせて下さい。では楽しみに待っています。

今度はあの世の話ついに来たか！

瀬戸内寂聴

ヨコオさん
いつか必ず来ると予感していた内容のお手紙が、ついにまいりました。

ヨコオさんと、おつきあいが始って以来、幾度、対面して話しあったかしれないのに、お互い照れやで（人は誰もその反対と誤解している）、あまり、生真面目な話や、高尚ぶった話（特に芸術論など）は、照れ臭くて、どちらからともなく、さけて来ましたよね。

知りあって以来、ヨコオさんは、ほとんど、絶間なく、病気になったり、怪我したりして、入院ばかりしていました。

私は、あなたとつきあうまで、こんな不健康な人を見たことがありませんでした。

それでも必ず、いつの間にか、病気も、怪我も、けろりと治して、泰江夫人に電話で様

子を聞くと、あの何者にも何異変にも動じない世にものどかな声で、

「はい、ありがとうございます。只今、ヨコオはアトリエにこもっております」

が、返ってくる。ああ、この人のついている限り、ヨコオさんは大丈夫なのだった！

と想い返し、いつでも安心するのでした。

私のすすめた、医者も薬も、マッサージも、すべてヨコオさんには不向きで、お礼を言われたことはありません。

「セトウチさんの送ってくれた世にもよく効くというコーヤクを、背中に貼ると、背中じゅうがやけどしたみたいになって、熱が出て、五日寝こんじゃった！」

と電話がこわれそうな勢いで、怒りまくられます。

「だってあのこうやくは、明治生まれの東京の大文豪たちがみんな愛用していて、京都の××屋という桶屋にしかなくて、大先生の名がなければ売ってくれない高級薬なのよ。私だって、恐る恐るその桶屋に行って、大先生の御高名を告げて、ヘイコラして買ってくるのよ」

と告げても、背中がまだ痛くてシャツが着れないと、怒りつづけるヨコオさん！

さて、今度のあの世の話ですが、ああ、ついに来たか！　と胸が躍りました。私はヨコオさんの小説の中で、あの世が舞台のものが大好きなのです。

この世でつきあった老画家が、死んでしまって何年かして、あの世に行った女の目に、その画家が生きていた時のままの体つきや、表情で、あの世の川ぶちでひとり絵を描いていたなど、何ともなつかしい描写に、しみじみあたたかな情愛が湧いてきます。

ヨコオさんの話では、あの世は、死人の精神の段階によって、階段のようになっている段の居場所が決められ、どんなに仲の良かった夫婦でも愛人どうしでも、その人物のあの世の物差しで人格を計られ、居場所の段が同じではないとか。

それと同じ話を、私は谷崎潤一郎の小説「痴人の愛」のモデルから聞きました。九十幾歳になっていたのに、頭はしっかりして、谷崎が惚れこんだ美しい脚を、魅力的に組み、たてつづけに喋りました。あの世では佐藤春夫の方が谷崎より魂の格が高いので、上級に据えられていると言いました。十六歳で処女を犯された谷崎を恨んでいるようでした。私は、あの世はこの世より更に自由で、垣根や段階はないと思います。もちろんコロナなどは一切なく、退屈という苦だけがのさばっているような気がします。早く行きたい程の魅力も感じていません。では、また。

Setouchi

日記50年 図らずも知る三島由紀夫の凄さ

横尾忠則

セトウチさんへ

えーっ、一晩で読んじゃったんですか？　７００頁の本を。『創作の秘宝日記』（文藝春秋）を。セトウチさんの健康を心配しているのに、これじゃ、毒書ですね。僕が日記を書き始めたのは１９７０年、大阪万博の年ですが、その一月に交通事故に遭って、二度入院（計四カ月）したのを契機に、病床日記でも書くか、ということで始めて、今日まで、一日も休みなく書き続けてきました。もうこうなったらクセですね。50年間続いていますが、すでに何冊も出版しています。

日記は書くことは書きますが、読み直すということは、本にする時、ゲラ校正で読むくらいで、じゃ、何んのために書いているのか自分でもよくわかりませんが、今日一日が無事、死なないで終ったか、そりゃ有難いことでしたというほどではないけれど、まあ一日のケジメですかね。

三島（由紀夫）さんが死ぬ三日前に電話で当時「芸術生活」という雑誌に書いていた日記を読んで、「君が入院している時、見舞に行った俺のことは一行も書かないで、高倉健と浅丘ルリ子が来て、嬉しそうなことは書いているが、なぜ、俺のことは書いていないのだ」と、死ぬ三日前に、死ぬことがわかっている人が言う言葉ですかね。三島さんは自分の死にも、こんなことで文句いえる余裕があったんですね。凄い人ですね。

僕の日記の最初の一行目は、前夜見た夢の話を書いています。知らない人が読むと、突然非現実的なことが起こるので、大抵の人はびっくりするでしょうね。夢と現実の区別がないので、これは創作日記では？　と思う人がいるかも知れませんが、僕にとっては夢も現実です。夜の現実と昼の現実がミックスされて、僕という存在があるわけです。意識と無意識は別々ではなく、ひとつのものです。このことは創作のあり方、そのものです。夢と現実を一緒くたにしてどこがおかしいですか、変ですか、でしょ？

作家でエッセイでもウソをつく人がいますね。小説はフィクションだからウソで結構ですが、エッセイでウソをつくのはどうしてですかね。本質的にウソつきの性格の人が小説家になるんですかね。僕はエッセイでは絶対ウソは書きませんが、夢はもともと作られたものですから、それ自体がウソですよね。ということは人間はウソをつかないと生きて行けないということですかね。でも夢は意識してウソをついているのではなく、こちらの知らないうちにウソをついて、ウソの話をするということですよね。一種の精神の浄化作用ですかね。

とすると、夢はフィクションということですかね。毎晩寝ると小説の世界の主人公になって活躍するということですよね。ところが僕の最近の夢はウソをつかない夢に変ってきているんです。現実だと言っても不思議ではないような現実がそのまま夢の中に移植されてしまって、折角の夜の現実が昼の現実と同化して、夜の時間に昼の時間が食い込んでしまっているんです。これは面白くないことです。つまり無意識が顕在意識になってしまったので、夢というより現実です。三島さんは「俺には無意識がない」と言っていたのを想い出しました。

天才三島に心底から憧れ、逢えた奇蹟

瀬戸内寂聴

ヨコオさんへ

いきなり夏から秋に飛んでしまって、体も神経もあわてて、現状についていけなく、ガタガタしています。私は秘書のまなほの生後十か月の男の子の風邪がうつって、調子が悪いです。お酒まで不味くなり、よたよたしてさっぱりです。ちょっと不調になると、速く死にたいなと思うのは、年のせいというのでしょう。

死んだら、どこへ行くのか、何があるのか、よく聞かれるけれど、そんなこと知るかい！坊主になったくらいで、そんなことわかる筈ないよ！

ヨコオさんの今度出版された『創作の秘宝日記』を、私は一晩徹夜で読了したと、お便りで書きましたね、あれはウソです。ほんとは二晩徹夜しています。それを秘書のまなほ

Setouchi

が、

「二晩もかかったなんて、老人くさい」

とか言ったので、一晩に書き直したのです。

あの700ページの本は、とても一晩の徹夜なんかで読めるものじゃありません。

読みはじめたら、ヨコオさんという世界に誇れる日本の芸術家の変わった日常生活の中に、たちまち巻き込まれてしまって、その中から抜けられなくなってしまったのです。

何が起こってもビクともしない世にも頼もしいヨコオ夫人や、しょっちゅうヨコオさんのベッドにおしっこをしてしまう猫のおでんと、なじみになったものの、天下の天才の絶間ない新しい想像力や、芸術的夢の変遷についてゆくなんて出来るものではありません。

あれよ、あれよと、愕き、呆れ、ひたすら走りつづける天才の思いや行動に落されまいと、追っかけるだけでした。

とても私は、こうは思えない、こうは行動できないと、思いつづけながら、ヨコオさんの描く天才三島の行動や、ヨコオさん自身のキテレツな思念や行動に目を見張るばかりなのです。私は自分が逆立ちしても、せいぜい秀才に毛が生えた程度の人間だと自覚しているので、本物の天才に心の底から憧れています。憧れは恋になります。

恋は思いがけない奇蹟を産みます。

私の熱烈な憧れは、いつか実を結んで、この世で、真の天才に逢わせてくれるようになったのです。その第一人者が、私にとっては三島由紀夫でした。

なんであんなに早く、死んでしまったのかと、今でも腹が立ちますが、この世に産れて、大方百年ばかりも生きながらえてきた中で、何がよかったと聞かれると、迷いなく、生きた三島由紀夫と知りあい、奇妙な友情を交えたことを一番にあげるでしょう。

ヨコオさんは、私よりずっと若いくせに、三島さんに愛されて、様々な誇らしい想い出を一杯持っていることは羨ましいというより妬ましいです。でも私はあくまで女として産れているので、三島さんの愛の対象にはならないのです。

けれども不思議な文通だけの友情が産れ、それが三島さんのあの討入りの日までつづいたのは、何という奇蹟だったでしょう。

ああ、こう書いていると、胸に迫って涙があふれてきます。

いつか二人で、三島さんをゆっくり偲びましょうね。

では　また

あの世は退屈地獄？まだまだ続く書簡

横尾忠則

セトウチさん

講話でおっしゃる「死んだら誰でも極楽に行く」と聞いて大喜びしたセトウチファンは、以前、死んだら「退屈という苦だけがのさばっている所などは早く行きたい程の魅力も感じていない」とおっしゃっていますが、極楽に行けると大喜びした信者さんはガクッとしたんじゃないでしょうか。どっちがホンマや？と。「あの世はこの世より更に自由で、垣根や段階はない」というのは、死によって肉体のしがらみから解放されるので確かに自由かも知れませんね。でも人間の想念は生前の思想や性格やクセを魂の中に内蔵したままあの世に行くとしたら、生前に自由の問題を解決した人は問題ないと思いますが、まだカルマの解消が不充分な人にとっては、必ずしも、あの世は自由でないと思います。仏教が業(カルマ)

の解脱をやかましく言うのはそこの点ではないでしょうか。だから生前にこの問題を解決しとけと仏教は修行を通して説教しますよね。

またセトウチさんは向こうには垣根や段階はないとおっしゃいますが、死後の世界は自然の理法や宇宙の摂理にのっとった法則に従った世界だと思います。だとすると、類は類を持って集まるという親和の法則が働くはずです。つまり波動の世界ですから、同じ波動のもの同士共鳴し合いますよね。波動を共有できない場合は反発し合うので、どうしてもそこに偏差値ができて、自然に垣根や段階が形成されることになるんじゃないでしょうか。その方が同じタイプの人間同士が集まるので、対立はないですよね。だから、平和で極楽だと錯覚を起こします。

セトウチさんは、そんな反親和性の世界は「退屈という苦だけがのさばっている」とおっしゃいますが、確かに目的を持たない人にとっては退屈でしょうが、退屈を美徳にしている人間にとっては退屈は天国でしょう。しかし、この場合の天国は限定された天国で、やがて、退屈に飽きてくるでしょう。魂の向上を目指す人間なら別の階層を求める努力をするはずですが、そうでない人間は転生を希望するのじゃないでしょうか。

セトウチさんがそんな退屈地獄には「早く行きたい程の魅力」を感じていないとおっしゃるなら、こちらで、うんと長生きして絵なり、小説を書いて、現世を極楽にして下さい。

あれだけ「死にたい、死にたい」とおっしゃっていたセトウチさんが、あちらの退屈地獄を想像して、気が変られたことは、この往復書簡がまだまだ続く予感がしてきました。ついこの間まで100歳以上の人が4万人と言っていましたが、現在8万人に増えました。セトウチさんが100歳になられた時は100歳以上の人が10万人に達するかも知れません。

最近は僕も寂庵画塾に刺激を受けて大きい絵（三畳位）を描いています。腱鞘炎なので絵は殴り描きです。コロナの動物的エネルギーを味方にして描いています。利用できるものは何んでも利用しちゃえ、というのがアートの精神です。もう年齢的に誰と競争することもなくなったので、自由奔放、好き勝手です。寂庵塾の思想です。

最近、絵の話題があまりないですが、描いていらっしゃいますか。まさか三日坊主？なんで三日坊主というんですか？

今回は秘書・瀬尾が書かせて頂きます

瀬戸内寂聴

横尾先生

瀬戸内の秘書の瀬尾まなほです。今回の件はすべて、私の責任です。本当に申し訳ございません。

保育園より急な電話があり、寂庵を留守に出来なかった私は、瀬戸内に許可をもらい、風邪をひいた息子を寂庵に連れて帰りました。瀬戸内は息子を心配し、お守りがたくさんはいった袋を枕元に置き、「はやくよくなれよ〜風邪はもう治ったよ〜」と自作の歌を息子に歌ってくれたのでした。その結果、風邪がうつってしまいました。

横尾先生にお叱りを受けましたが、瀬戸内のような高齢者には風邪も命とり。まさしく自分の行動は軽率だったと反省しております。

熱はなく、食欲はあるので、だんだん良くはなっていますが、まだ原稿を書く体力がない瀬戸内より、「まなほが代わりに書いて」とのことで恐縮ですが、今回は代わりに書かせて頂きます。

最近の瀬戸内は日々体調に波があり、「しんどい」と言って一日中寝ていることも増えました。体のどこかが痛いと「もう死にたい。楽しみもないし、つまらない」とこぼすことも。そうかと思えば、「100歳まで生きそうね。ここまできたら100まで生きる」と、考えは日々変わります。

死生観についても、以前は「天国なんて退屈。地獄がいい。毎日どんな罰を受けるのかってワクワクする」と言っていたのに、数年前の病気で「やっぱり天国に行きたい。痛いのはもう嫌！」と変わっていました。

最近では「天国も地獄もない気がする。死んでも誰にも会えないのでは？　今更誰にも会いたくないけど」とこぼします。

横尾先生の仰る通り、極楽に行けると信じていた信者さんはみながっかりしてるでしょう。「瀬戸内寂聴と行く、豪華フェリーのあの世ツアー」にクレームがきそうです。

自分が死んだら、あの世があれば私の右足の親指を引っ張って教えてくれると瀬戸内は言います。けれど、「退屈という苦だけの所」に行ったら案外気に入って、その約束をすっかり忘れてしまいそうであてにできません。

私はあの世があると信じています。死後の世界は自然の理法や宇宙の摂理の法則に従った世界で自然に垣根や段階が形成されるだろうと横尾先生は仰いました。そうなりますと、きっと瀬戸内は私よりはるか上の段階にいるでしょうから、なんとかそこへ近づけるように努力すれば、あの世で瀬戸内に会えるのでしょうか？　会えたとしても、おばあさんになった私には気づかないかもしれません。

それでも、またあの世で瀬戸内に再会できるなら、死ぬことは怖くない気がします。

横尾先生のお察しの通り、只今寂庵画塾はひっそりとしております。

「もう三日坊主なの、ばれてますよ。正直に言いましょう」と私が言うと「いや、次作に取り掛かっていると言おう」と瀬戸内。次作も何も、今はまだあのイチジクの絵、一点のみです。展覧会をすると言っていましたが、このペースではいつになるやら。

まずは風邪が治るよう、瀬戸内のサポートに全力を尽くします。

瀬尾まなほ

セトウチさんは瞬間、瞬間を生きてはる

横尾忠則

まなほさん

セトウチさんの風邪が治ったものの足の痛みはまだ残ったまま、そこへ、ころんで顔面打撲。散々ですね。目が腫れて好きな本も読めないのはつらいでしょうね。百歳目前で病気して、ケガして、尚且生かされるのは、まだまだ生き続けて、人のため、世のため、自分のための人生が終わらないのは、まだ使命が残っているからでしょか。生かされているということは、そういうことでしょうね。

セトウチさんはよく気がケロケロ、コロコロ変るのは、考えで生きてらっしゃるのではなく、生理で生きておられるからです。生理は瞬間瞬間に変ります。僕も生理で生きて、絵を描く人間ですから、今、こうだと思って描いた次の瞬間に、もう、それを否定して違

うことをやります。絵だからいいものの、それが対人関係でも起こる場合があります。そんな時、昨日はキムチ鍋が美味しくても、一晩寝たらまずくなるのです。セトウチさんは自分に正直だから、すぐ言葉に出してしまうので、周囲は、「エッ？　何？」ってことになって一喜一憂してしまうのですが、生理に忠実に生きている人の特徴で、「ああ、先生は生理で瞬間、瞬間を生きてはるのか」と理解すれば、腹は立ちません。

頭で考える人は、観念的だから、こうと決めたら考えを譲りませんが、生理で行動する人間は、ケロケロ、コロコロ変ることが自然体なんです。いい意味で、変化に富んだ多義的に流動する何にでも対応する自由人ってとこですが、悪く言えば優柔不断な主体性のないカメレオン的人間ということになります。こういうタイプの人間は芸術家の特質をそのまま生きているのですが、台風の目のような人だから、周囲は暴風雨で荒れ狂うほど、振り廻されます。それが、秘書としての修行だと思って諦めることですね。

ところでセトウチさんの足の指先が赤黒く腫れて痛むのは血行が不順だからで、一種の動脈血栓だと思います。原因は自律神経失調症から来ているのです。交感神経と副交感神経がアンバランスになることが原因です。交感神経が高揚すると血流が悪くなります。僕もかつて同じ症状で2カ月入院しましたが、当時の医学は、即物的で、この病気が心因的なものだとは診断できないで、病院の先生も頭をかかえてしまったのです。だけど現代は医学がうんと進歩しているので手術が可能です。僕が病気になったのは50年前です。手術という発想はなかったので、悪くなると足を切断する方法しかなかったのです。

だけど僕は、病院を抜け出して、東洋医学で救われました。交感神経を緩和させるために、鍼灸あんまの先生に頭中心にマッサージをしてもらい、血行を促すことで、足の痛みが取れたのです。だから、手術の日までの待機期間中でもマッサージを、と何度もサゼッションをしたのに、セトウチさんは、足が痛いのに、なんで頭を揉むんや、と思われて、マッサージをされなかったでしょ。僕は『病の神様』という本を書いているぐらいですから夏目漱石とどっこいどっこい、病気なら何んでも聞いて下さい。医者から自分の主治医になれますと、太鼓判を押されているくらいです。この際、全部診てもらってまた、面白い闘病記を書いて下さい。

寂聴です 三週間ぶりにペン感動で震えた

瀬戸内寂聴

ヨコオさん、なつかしい、なつかしいヨコオさん!

ようやっと、心にかかりっ放しだったお手紙を書くことが出来ました。ペンを持ったのは、三週間ぶりです。私がもの書きになって以来、三週間も仕事のペンを持たなかったことは初めてです。書けるかな? とこわごわペンを持つと、腕が震えました。嬉しさが一杯で、やっぱり私はペンという道具と一心同体の職人なんだナと、ある種の感動に、全身が震えました。

ある日、突然、寂庵の廊下で転んで、頭から廊下に打ちつけ、気がついたら、全身打撲痣になって、痛いの、何の、声も出せませんでした。私はなぜかよく、転びますが、必ず脚からでなく、頭から打ちつけられます。角力で投げられる型です。そのあとの顔ときた

Setouchi

らお岩を怒らせたよう。ヨコオさんなら、すぐ描きたくなったと思います。傷は時と共に大きく深くなりました。顔全面が墨色に染まり、瞼もふくれ上がって、漫画どころではありません。見る見るうちに顔は紫色から七色に染まり、いよいよ目も当てられません。常に器量が悪く生まれたことを口惜しく思っているのに、この顔には涙も流れません。寂庵のスタッフは恐れと、おかしさと、同情の入りまじった表情で、私と目を合わせようとはしません。

「大丈夫！　たまたまコロナで、人の出入りがないから、誰もわかりませんよ！」と妙な慰め方をしてくれます。その間にも顔は紫色から青赤黒になり、漫画を通り越し、ヨコオさんの妖怪の絵になりました。痛さは通り越して感じられません。初めて見るとギョッとして、次に怖く、次に可哀そうになり、次に吹き出したくなる顔です。

私はよく顔にけがをしますが、今度はその最高でした。本来脚の先が痛いので血管の詰まりを治す手術をする入院の予定が、この転倒で早められ、入院の間、仕事をしようとしたものの、さすがに顔がかっとなって何もことばが浮かびません。ああ遂に、寂聴はここで文章の世界から追い払われるのかと、涙がこみあげてきました。涙が頬に流れると、顔全体がヒリヒリして震え上がります。そっと鏡を覗くと、再びその場に卒倒するほどショックを受けました。私はお化けです。この傷は一か月や二か月では治らないでしょう。テレビに出るなんてもっての外です。

三か月たっても顔がこのままだったら、私は自殺するしかない。いや！　今、自殺報道が続いていて、私はつい昨日、雑誌に「自殺は殺人である。やってはいけない」と、偉そうに言ったばかりである。ああ！　人間の生涯の八割は、顔で生きているかもしれない。もう九十八年も生きたから、死んでもいいか！　いやいや死顔も美しくあらねばならぬ、宇野千代さんの死顔は最高に美しかった。悩みというのは、限りがない。

そんな次第で、私は今、病院に入院しています。ヨコオさんに逢いたいし声を聴きたいけれど、この顔で逢うのは死んでも厭です。まなほに、私の写真を撮ってヨコオさんに送ってと頼んだけれど見た？

時間がたてば治りますと、医者はいう。私は憮然として、時間とは何時間かと鏡の中の真っ黒の、異人の顔を見つめています。

当分ヨコオさんに逢えない。ああ！

Yokoo

自画像描けば元の美人に戻ります

横尾忠則

セトウチさんへ

2週お留守で、その間、まなほ君が二打席連続代打ヒットを放ちました。セトウチさんの顔面強打は彼女から「目の上に大きなたんこぶ、瞼は赤黒く腫れて」とは聞いていましたが見るまではわからないので、ぜひ写真をと言って送ってくれたのがコレ！「ヒェーッ！　これセトウチさん？　ウソだろう。人間というより野菜、腐ったじゃが芋だよ。フェイク写真じゃないの？」

ボッス、ブリューゲル、アルチンボルドだってここまでの怪醜人間は描きません。熱狂的なセトウチ信者にぜひお見せしたい。そして魔除けのお札として携帯していただきたい。セトウチさんからの手紙では「お岩を怒らせた」そのお顔は「ヨコオさんの妖怪の絵になりました」だって。でも写真の通り描けば、祟られそうです。

以前、「少年マガジン」の雑誌の表紙にお岩さんの絵をデザインしました。四谷の神社にお参りしなかったために、妻の右目は毒虫に刺されたように腫上り、僕は撮影中に大きい鏡が突風で空中に舞い上り、それが僕を目掛けて落下して、右目の瞼を切って、鏡に映った自分の顔は血だらけ。実話です。だから、今後セトウチさんの肖像を描くようなことがありますと、ちゃんと、寂庵なり、天台寺なりにお参りをしてお祓いを受けなければ描けません。

それにしても、僕も同じようによくころびます。僕はここ数年間に家の中で二度ころんで最初は左足の親指の骨折、それが完治しないまま、次も家の中ですべってころんで右足の下駄骨折です（下駄を履いて、くねって起こる骨折）。セトウチさんのころびも家の中、専門ですよね。僕と違うところは、僕は足専門、セトウチさんは顔専門です。セトウチさんが頭からころぶのは脳味噌が頭につまっているので、起き上りこぼしみたいに頭からです。僕は画家で頭は空っぽだから頭は大丈夫です。画家は小説家のように頭は使いません。画家は肉体派なので行動主義、つまり足をよく使います。そう考えると、ケガや病気はその職業と無縁ではありません。

セトウチさんの顔の青赤黒色の腫れは、岡山の湯原で、僕の背中にセトウチさんがインチキ尼さんに騙されて買った膏薬を張られた時、そこが半年以上青赤黒色に変色したその膏薬の祟りが、セトウチさんの顔面に移植したのです。やっぱり祟りは、前近代から今日のＩＴ時代まで、祟り続けているのです。あゝ、怖。

あゝ、そうだ、芸術は内面の不透明さを描くことによって解消、浄化されます。もし早く青赤黒色を消滅させたいと思われるなら、今の内に、今の顔を肖像画として描いて下さい。でなきゃ、死ぬまでその顔です。僕みたいに病院に画材を持ち込んで、明日からでも自画像を描いて下さい。医者の薬より、絵の方がよく効きます。ピカソのキュビズムやムンクの「叫び」以上の絵が描けます。顔は元の美人になるわ、芸術作品ができるわで一挙両得です。すぐ始めましょう。普通、絵は多少デフォルメして描きます。だけど今回のセトウチさんの顔は、すでにデフォルメされているので、そのまま写実的に描くだけでデフォルメの手がはぶけて、フランシス・ベーコンのような絵が描けます。ぜひ、自画像に挑戦してみて下さい。

万歳!!退院が決まりました

瀬戸内寂聴

ヨコオさん

久しぶりに、こう書くと、なつかしさで全身が熱くなってきました。私は病院に入院して、前回同様、今もまだ病室でこれを書いています。

二週間前、寂庵の廊下の隅で思いきり転んで、気がついたら、頭から、廊下にぶつけていて、一瞬、気絶していました。いつでも転ぶ時は頭から床や土にぶっつける癖があるのです。その度、顔を正面から、石や土や、枝にぶっつけて大けがをします。幸い鼻が低いので、おでこと両頬にけがをして、今迄なんとか保ってきました。目が無事なのが不思議なことです。他の病気でよく入院する病院では看護師さんたちが、まさか私とは気づかず、気の毒そうにストレッチャーの私の顔を見ていました。私は腫れあがった顔の中で薄目を

Setouchi

開け、彼女たちの怖そうな顔を見て、自分の顔のひどさを想像していました。実際に鏡を見たときはあまりのひどさに悲鳴をあげ、またそこに転びそうになりました。写真を見たヨコオさんは、その顔を、腐ったじゃがいもだと評されましたが、そんな可愛らしいものではなく、私が思い出すと、ボクシングで思いきり殴られたパンダの様でした。とても元の顔に戻りそうにないと思い、暗澹としました。九十八にもなって、もうすぐ死ぬ間際にこんな傷を受けるとは、よほど私は因果な生まれつきだと思います。足も傷んでいたので、すぐ入院して、面会謝絶にしました。このまま死ねば、編集者も読者も私のこの妖怪の顔は見ずに済むのです。早く殺して！　と叫びたくて、私はもだえつづけました。

熊が火傷したような顔は、医者の言の通り、日と共に色が薄れ、本来の自分の顔が少しずつあらわれました。それでも二週間近くたっても、まだ腐ったじゃがいも顔はそのままです。ひそかに韓国へ行って、整形手術するつもりでしたが、後一年も生きるかどうかわからないのに、そんな散財は阿呆らしいと思う正常心がかえってきて、今はどうやら落着いています。

ヨコオさん、人間は外見より「心」ですよね！　心が美しければ、いい絵も、いい小説も表れますよね。なんとか早く治すクスリがないものかなあ!!　せめて、生まれたての愛らしいじゃがいもくらいになりたいものです。

でも、もう転ぶにも飽きました。あとはせいぜいしとやかに行動して、転ばないようにしたいものです。

宇野千代さんの死に顔の美しさを想い出します。やはり死に顔まで美しくありたいものです。よく心が美しければ死に顔も美しいといいますが、そうでもない例もよく見ますよ。

やはり死ぬ瞬間、自分の最も好きな衣装を身に着け、最も好きな食べ物を食べているのが幸せの絶頂でしょうか。宇野さんの死に顔もそんな豊かな美しさでしたよ。死に顔は自分で見ることが出来ないだけ神秘的ですね。

ヨコオさんは、たくさん肖像画を描いてらっしゃいますが、死に顔は誰を描かれましたか?

もし、まだだったら、ぜひ私を描いてください。じゃがいもの腐ったものでもいいです。

では、また。

今、お医者さんが来られて来週退院していいと告げられました。万歳!!

Setouchi

三島さん「君の絵は無礼だけどそれでいい」

横尾忠則

セトウチさん

僕が物心ついた頃、両親はすでに老人でした。実の両親を知らないまま老人の養父母に育てられました。二人共、尋常小学校しか出ていない無学の徒ですが、面白い言葉をよく知っていました。いわゆる故事・ことわざの類です。そんな言葉が日常の慣用句として、ポンポン出るのです。僕は一人っ子で人と話す機会がなかったので自然に両親の語ることわざを真似ていました。一日中、絵ばかり描いているので、本を読むことなどは十代にはほとんどなかったために、小学校を卒業する時、先生は親に、「中学に進学するというのに幼児語が抜けないのが心配」と伝えた。そういえば中学に入っても親には「ターちゃん」と自分のことを三人称で呼んでいましたね。

だけど、友達に対しては面白がって、「聞いて極楽見て地獄」とか「蛙の子は蛙」とか「鬼の目にも涙」とか「短気は損気」とか「万事休す」とか、こんな古臭い言葉や、自作のオノマトペを使っていました。

今でも僕は絵の主題に困った時は、ことわざを形象化したり、画面にオノマトペを書き込んだりしています。そんな僕の言語感覚や視覚言語を面白がってくれる三島（由紀夫）さんは、「君の絵は実にエチケットのない、無礼な絵だけれど、それでいい。俺と君の共通点は、ブラックユーモアだなあ、日本人は真面目過ぎて、この良さが判んないんだよな」。

三島さんのこうした考えの背景にある愚に徹した生き方を自らの浪漫主義と主張して、この意識は魂に忠実に従うことで全てが許されるとしていました。つまり、生きるのにいちいち理屈は必要ない。真理を求める心こそが愚であるとしています。思わず「知者は惑わず」なんてことわざがふと浮かんできました。

芸術の核のひとつに、何んでもチャカしてやろうという精神があります。マルセル・デュシャンが画廊に便器を持ち込み、ダダやシュルレアリストは本来の言葉や事物の意味を転倒させ、慣例や常識を根底から崩してしまいます。ことわざにもそれに似た力があります。僕がことわざが好きなのは、すでに手垢のついた民衆の中から生まれた言葉だからです。小説家の創作する言葉ではない、レディメイドのありふれたどこにでもある言葉です。

その言葉を効果的に使うことで、日本語が生々と、血の通った豊かな言葉に変ります。ポップアートの魅力にも共通していたり、鶴見俊輔さんの「限界芸術」にも通底するものがことわざにもあります。

僕は将来画家になるなんて考えたこともなかったです。だから絵は最初から遊びです。今もその延長上で描いています。でも飽きっぽい上に、この年になると描くのが面倒で、どうでもよく、嫌や嫌や描いています。感性だけで描いているので職業というより趣味です。人に感動を与えようなんて、考えたこともないです。サッサッと未完のままで仕上げて、あとは無為な時間を遊んでいます。

絵は芸術の枠をはずすことで長く存続します。文学は思想云々言いますが、絵は死想です。理屈を超えて死と向き合う芸術です。その一方で「四角な座敷を丸く掃く」手抜きのいいかげんな横着さも芸術に必要です。ナンチャッテ！

自決から五十年
三島さんの声聞こえる

瀬戸内寂聴

ヨコオさん

人間は生きている限り、自分では思いもよらない日を迎えるものですね。

私は、この間、寂庵の廊下ですべって転んで、頭から倒れて入院騒ぎをしたばかりです。運が強いのか、しぶといのか、今は寂庵に戻って、平然と過ごしています。頭を余程打ちつけて、相当阿呆になったらしく、仕事のはかどりが、のろくなって唖然としています。この調子では、もう商売も店終いをするほかないのかなと思案しています。でもそんなに越し苦労をしないでも、そのうち、余命がつきて、けろりと死んでくれるかもしれません。

でも、死んでしまったら、本が読めなくなるのが一番淋しいですね。どんな大けがをしても、目が見えることが有難いと思います。

私はこの数日、朝から晩まで、夢の中までも三島さんの本ばかり読みふけっています。衝撃のあの自決の日から五十年の節目のこの年になって、なぜか、あの世からの三島さんの声が夜な夜な聞こえてくるのです。私はヨコオさんのように、生きていた三島さんから可愛がられた仲でもありません。三島さんが小説家になり始めた頃から、ファンレターを出し、それに全く予期していなかった返事がすぐ来て、びっくり仰天しながら文通が始まったのです。

「自分はファンレターに一切返事を書かない主義だが、あなたの手紙はあんまりのんきで面白いので、返事を書く気になりました。」

という文面で、返事が来たのです。それ以来、私たちはお互いの顔も声も知らないまま、手紙のやりとりが続く間柄になったのでした。

私が小説を書き始めたとき、最初にそれを読んだ三島さんから、

「あなたの手紙は、あんなに面白いのに、小説は何とまあつまらないのだろう」

という手紙が来たことをはっきり覚えています。それでも私が少女小説を書き始めた時、三谷晴美というペンネームをつけてくれ、その小説が活字になり生まれてはじめて原稿料というものを貰ったとき、

「こういう時は名付け親にお礼に何か贈るのが礼儀ですよ」

と言ってきたので、私はあわてて、煙草が好きそうな三島さんに、ピースの缶入りを三個送ったのをとても喜んでくれ、

「でも、このことは世間には内緒ですよ」

と折り返し手紙が来たのを覚えています。

ヨコオさんは、三島さんから、世間との付き合いの礼儀作法などを教えられたそうですが、あの人はそういうことを教えたがるおせっかいな面があったのかもしれませんね。でも自分より若い者、弱い者、おろかな者に対しては、ほんとにやさしい人だったですね。私と三島さんの間柄が、ある時からぐっとちぢまったのは、彼の「英霊の声」が雑誌「文芸」に載った時からでした。この話は長くなるから、今日の手紙はここまでにしましょう。

昨夜、徹夜で、佐藤秀明氏の『三島由紀夫　悲劇への欲動』という岩波新書を読んだので、興奮が冷めず、まだ少しも眠くありません。でも今日はここまでにしますね。

おやすみなさい。

寂聴

Setouchi

あとがき

瀬戸内寂聴

週刊誌「週刊朝日」に連載して評判のよかった文章である。横尾忠則さんとの手紙体のエッセイで、始まったのは私が数え九十八歳で、横尾さんは私より十四歳若い八十四歳の時であった。互いに書きたい放題、言いたい放題の文章で、毎回二人とも書くのが嬉しそうに弾んで書いていていた。

読者の受けがよく、度々、道端や駅で声をかけられ、

「週刊朝日、見ていますよ！　面白いですね！」

「横尾さんとの往復書簡、楽しんでいますよ」

などと言われることが多い。私も横尾さんもすごく単純で、褒められるのが子供のように大好き（横尾さんは違うかも？）なので、評判がいいのが嬉しくて、ますます力を入れて連載を続けてきた。

私はともかく、横尾さんは今や世界的に有名な天才画家と呼ばれているので、書く文章も、自由自在、何者も怖れないので、毎回、読みごたえがあって、面白い。お相手をさせられている私まで、毎回、横尾さんの原稿が届くのを、恋文のように、わくわくしながら待ち受け、読みながら一人でキャッキャッと声をあげて笑っている。

一般にはあまり知られていないかもしれないが、横尾さんは若いときから、すごい読書家である。はじめて横尾家へ伺ったとき、応接間の窓際や、壁際の棚という棚には、新刊の本がまるで本屋のように晴々と並んでいてびっくりしたことを忘れない。その読書欲を見た私が思いつき、横尾さんに小説を書かせたら、たちまち賞を取ってしまい、いまだに気の利いたエッセイだけでなく、文芸誌に純文学の小説の連載などの載っている作家にもなっている。画家としては、今や世界的天才とあがめられているが、死ねば、小説家としても、世界に名を残すにちがいない。

私は至って凡才だから、かねがね、「天才」に憧れ、「天才」が大好きである。横尾さんと親しくなった動機やチャンスはすっかり忘れてしまったが、いつの間にか、横尾家の家族の一人のように親しくなっている。その二人の往復書簡は、互いに遠慮のない筆勢で、書きたい放題を書いているから、面白いといわれるのだろう。どうやら百になった私の死ぬまで続く連載かもしれない。

瀬戸内寂聴（せとうち・じゃくちょう）
1922年、徳島市生まれ。63年、「夏の終り」で女流文学賞。73年、中尊寺で得度。2001年、『場所』で野間文芸賞。06年に文化勲章。17年度朝日賞。『美は乱調にあり』など著書多数。

横尾忠則（よこお・ただのり）
1936年、兵庫県西脇市生まれ。ニューヨーク近代美術館をはじめ国内外の美術館で個展開催。小説『ぶるうらんど』で泉鏡花文学賞受賞。2011年度朝日賞。15年、世界文化賞。20年、東京都名誉都民顕彰。

往復書簡（おうふくしょかん）　老親友（ろうしんゆう）のナイショ文（ぶみ）

2021年2月28日　第1刷発行

著者　瀬戸内寂聴・横尾忠則
発行者　佐々木広人
発行所　朝日新聞出版
〒104−8011 東京都中央区築地5−3−2
電話　03−5541−8767（編集）
03−5540−7793（販売）
印刷所　凸版印刷株式会社

ISBN978-4-02-331932-5